AF203083

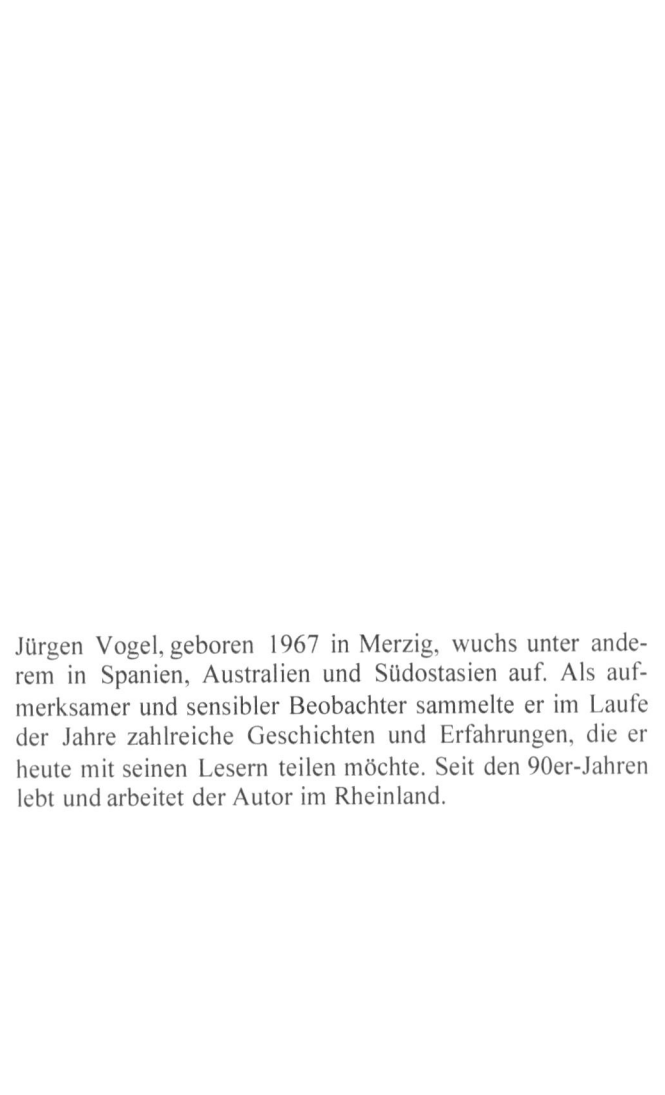

Jürgen Vogel, geboren 1967 in Merzig, wuchs unter anderem in Spanien, Australien und Südostasien auf. Als aufmerksamer und sensibler Beobachter sammelte er im Laufe der Jahre zahlreiche Geschichten und Erfahrungen, die er heute mit seinen Lesern teilen möchte. Seit den 90er-Jahren lebt und arbeitet der Autor im Rheinland.

Jürgen Vogel

# Der andere Ich

## Verwirrungen in Barcelona

Roman

Taschenbuch-Ausgabe 2016

© 2014 Jürgen Vogel
Umschlag: Jürgen Vogel

Verlag: tredition GmbH, Hamburg

ISBN Paperback: 978-3-7323-1131-6
(auch als E-Book erhältlich)

**www.derandereich.de**

Printed in Germany

 tredition®

< 1 >

»Ich will eine Katze.«

»Ich will einen Hund.«

So ging es wieder einmal hin und her zwischen Marcus und mir, während im Fernsehen gerade Sam, ein nicht mehr ganz junger und leicht übergewichtiger Kater, vorgestellt wurde.

Es war an dem Abend, bevor ich nach Barcelona flog, um gemeinsam und in Ruhe mit Jonas an einem neuen Auftrag zu arbeiten. Jonas hatte ich vor etwa fünfzehn Jahren kennengelernt. Letztlich war er der Auslöser für meinen Sprung in die berufliche Selbstständigkeit. Anfangs arbeiteten wir grundsätzlich zusammen. Auch wenn das inzwischen nicht mehr so war und er mittlerweile in Barcelona lebte, führten wir hin und wieder ein Projekt gemeinsam durch oder unterstützten uns zumindest gegenseitig.

Marcus und ich saßen vor dem Fernseher und schauten uns eine Sendung an, bei der Tiere, überwiegend natürlich Katzen und Hunde, aus den verschiedensten Tierheimen vermittelt wurden. Schon seit vielen Jahren gehörte diese Sendung zu einem regelrechten Ritual am Sonntagabend.

Ich stellte mir gerade vor, wie der grau getigerte Sam, der im Fernsehen so aussah, als könne er keiner Fliege etwas zuleide tun, Marcus' Wohnung derangierte, während dieser seinen täglichen Verpflichtungen im

Beruf nachkam. Die Tierheimleiterin meinte auch so etwas wie, dass man sich in Sam bitte nicht täuschen solle. Er könne wesentlicher agiler sein, als er hier momentan wirke, und benötige unbedingt ein Zuhause, in dem ihm ausreichend Aufmerksamkeit geschenkt würde. Die Moderatorin versuchte, hier ein wenig beschwichtigend einzugreifen, indem sie dem Kater dafür einen zärtlichen, ja regelrecht Liebe suchenden Charakter zusprach. Als hätte Sam dies als einen Wink dahin gehend verstanden, dass es genau jetzt auf sein bestes Benehmen ankam, rollte er sich schnurrend zur Seite und ließ die zärtlichen Berührungen der in die Kamera lächelnden Frau scheinbar wohlwollend über sich ergehen.

So kam Sam natürlich ebenfalls nicht infrage. Die gegenseitigen Fragestellungen und Feststellungen hinsichtlich unserer jeweiligen Präferenzen bei der Auswahl eines in den Haushalt aufzunehmenden Tieres waren ohnehin nie wirklich ernst gemeint. Sicherlich hätte ich gerne einmal wieder einen Hund, so wie ich es aus meiner Kindheit gewohnt war, und gewiss auch hätte Marcus gerne eine Katze an seiner Seite, er war eben mit einer solchen aufgewachsen. Doch wir waren uns beide darüber einig, dass wir die damit verbundene Verantwortung erst dann übernehmen wollten, wenn wir tatsächlich ausreichend Zeit für einen tierischen Mitbewohner besaßen, egal ob Katze oder Hund.

Marcus machte sich auf, die leeren Kartons unserer aus Lieferpizza bestehenden Mahlzeit zu entsorgen. Bislang standen diese noch zwischen uns auf dem Tisch und boten wahrlich keinen erfreulichen Anblick. Außerdem roch es wie in der Pizzeria selbst, aus der ich zuvor die italienischen Köstlichkeiten für den Abend mitgebracht hatte.

Hierbei hatte ich bereits das Glück aufzufallen, jedoch leider eher im peinlichen Sinn. Weder Marcus noch ich verspürten Lust zu kochen, weshalb ich vorgeschlagen hatte, etwas Fertiges mitzubringen. Ich begab mich dafür zu einem Italiener, der auf dem Weg zu Marcus lag. Dort wählte ich zwei Pizzen aus und einen großen gemischten Salat. Da ich nicht viel Bargeld dabei hatte, aber unbedingt noch Wein mitnehmen wollte, rutschte es einfach so aus mir heraus: »Dazu hätte ich gerne noch einen billigen Rotwein.«

Dass meine Betonung auf billig lag, war leider so offensichtlich, dass ich das Gefühl hatte, jeder in der Gaststätte Anwesende starrte mich und mein Gegenüber plötzlich an und wartete ab, wie der junge Mann hinter der Ladentheke hierauf reagieren würde. Dieser reagierte zu meinem Glück mehr als souverän. Er griff nach einer Flasche in einem Regal hinter sich und überreichte sie mir mit den Worten: »Hier bitte, die ist besonders günstig, die gibt es heute umsonst dazu.«

Das ganze Lokal lachte und der freundliche Pizzabäcker zwinkerte mir noch wohlwollend zu, bevor er sich wieder an seine Arbeit begab.

Der Wein war zwar grauenhaft, nachdem ich Marcus aber die kleine Geschichte erzählt hatte, schmeckte er uns dennoch hervorragend.

< 2 >

Der Flug war unproblematisch, ebenso die Gepäckausgabe, sodass ich mich gefühlt bereits im Flughafenbus in Richtung Innenstadt befand, kaum dass ich vom heimatlichen Flughafen abgehoben hatte. Meinem Aufenthalt in Barcelona sah ich entspannt entgegen. Da ich schon einmal mit Marcus für eine ganze Woche hier gewesen war, fühlte ich mich nicht sehr fremd.

An der Placa de Catalunya und somit im Herzen der Stadt angekommen, machte ich mich zu Fuß über eine in Richtung Eixample führende Straße auf. Aus irgendeinem Grund konnte ich mir den Namen dieser Straße einfach nie merken. Ich erkannte sie aber immer direkt wieder, da sie im Gegensatz zu der Straße, die davor in die gleiche Richtung verlief, im geraden Winkel vom Passeig de Gracia abging. Auch war es hier, obwohl sich in der Straße ebenfalls Geschäfte und Restaurants befanden, weniger geschäftig. Man konnte die Straße stets zügig durchlaufen, was meiner Art sehr entgegenkam.

Eixample, die einstige Stadterweiterung vom Reißbrett, war mittlerweile beinahe mittig in der Stadt gelegen. Die quadratischen Blocks mit ihren abgeschrägten Ecken, die einheitliche Breite der Straßen und Höhe der Gebäude sowie die allgemeine Homogenität des Gesamtbildes zeigten noch immer deutlich die Charakteristik der Planstadt. Deren Konzept und erste Umsetzung stammten aus der Mitte des 19. Jahrhunderts.

Der Straße, deren Namen mir immerzu nicht einfallen wollte, folgte ich bis zur Carrer Napols, wo sich mein Zuhause für die nächsten beiden Wochen befinden würde. Ich konnte bei Jonas und dessen neuer Freundin wohnen. Ich hatte zuvor angeboten, in einem

Appartementhotel in direkter Nähe unterzukommen, das ich von meinem damaligen Besuch her kannte. Jonas bestand aber darauf, dass ich bei ihm wohnen sollte, was ich dann gerne auch annahm, zumal ich ihn schon länger nicht mehr persönlich gesehen hatte. Außerdem war ich gespannt, wie er so in Barcelona lebte und zurechtkam.

Der Fußweg dauerte etwa zwanzig Minuten. Da das Wetter sehr angenehm war, stellte er, trotz des in Anbetracht des etwas längeren Aufenthalts recht schweren Koffers, keinerlei Strapaze dar.

Die angegebene Adresse fand ich auf Anhieb. Da Jonas und seine Freundin nicht da sein würden, benötigte ich zum Öffnen der Haustüre einen Code, den ich über eine Tastatur eingab. Mir war bereits seinerzeit aufgefallen, dass hier viele Eingänge derart gesichert wurden. Für die Tür zur Wohnung hatte ich einen weiteren Code erhalten und schon befand ich mich in einer großzügigen, hellen Wohnung mit angenehm hohen Decken. Ich trat unmittelbar in einen Flur, von dem alle Zimmer abzugehen schienen. Zwei Türen waren geschlossen, während die übrigen offen standen, sodass ich, direkt vor mir liegend, in den Arbeitsraum sehen konnte. Dieser mutete bereits auf den ersten Blick, was ich bei Jonas auch nicht anders erwartet hatte, technisch bestens ausgerüstet an. Links vom Arbeitszimmer befand sich eine der verschlossenen Türen, hinter der ich ein Gäste-WC oder eine Abstellkammer vermutete, weil neben diesem offensichtlich kleinen Raum das Wohnzimmer lag, zu dem die Tür wiederum offen stand. Ich betrat das sehr große Zimmer, welches, mittels einer gemauerten Theke abgegrenzt, auch die Küche beherbergte.

Wie abgesprochen, fand ich hier eine Nachricht von

Jonas, der ich noch einmal entnahm, dass es ihm leid-tat, dass er mich nicht vom Flughafen abholen konnte. Außerdem erfuhr ich, dass mein Zimmer, das Gäste-zimmer, der Raum direkt neben der Eingangstüre war. Schließlich enthielt die Notiz noch Zugangsdaten für das Internet sowie den Hinweis, dass wir am Abend gemeinsam essen gehen würden. Er habe in der Nähe einen Tisch für halb acht bestellt, sodass wir uns spä-testens um sieben in der Wohnung treffen sollten.

Neugierig suchte ich mein Zimmer auf, neben dem sich das Bad befand, während gegenüber diesem offen-sichtlich das eigentliche Schlafzimmer lag. Mich wun-derte zunächst, warum Jonas nicht das Gästezimmer als Schlafraum gewählt hatte, da dieses nach hinten lag und sogar über einen kleinen Balkon verfügte. Ein Blick in das Zimmer der beiden verriet mir aber, dass es sich um einen wunderschönen, sehr hellen Raum handelte, der zudem um einiges größer war. Ich rich-tete mich schnell ein, indem ich den Schrank mit mei-nen Sachen füllte. Außerdem packte ich mein eigenes technisches Equipment aus, was eigentlich nur aus Laptop, einem Notizblock und ein paar Stiften bestand. Im Nu war ich auch mit dem Internet verbunden. Ich schaute mir noch das Bad an und überzeugte mich davon, dass hinter der anderen geschlossenen Tür tat-sächlich eine Gästetoilette lag und kein Abstellraum.

Ich freute mich bereits auf das Wiedersehen und die Zusammenarbeit mit Jonas. Außerdem fand ich die Unvermeidbarkeit der Verständigung in Fremdspra-chen aufregend, wobei ich mich mit Spanisch und Englisch begnügen müsste, da mir das Katalanische völlig fremd war. Wenn ich in ihr Geschriebenes sah, schien es mir manchmal wie eine Mischung aus Fran-zösisch und Spanisch und tatsächlich fiel es mir

wesentlich leichter, die inzwischen bei den Barcelo-
niern immer beliebtere Sprache zu lesen, als hierin
Gesprochenes zu verstehen.

Da noch ein paar Stunden vor mir lagen, ehe ich
Jonas treffen würde, überlegte ich, ob ich bereits
beginnen sollte zu arbeiten. Ich entschied mich jedoch
dagegen und durchwanderte stattdessen ziellos die
Straßen meiner näheren Umgebung.

Gegen sechs begab ich mich zurück zur Wohnung
und schrieb noch eine E-Mail an Marcus, in der ich
ihm kurz versicherte, dass die Reise gut verlaufen war.
Ich merkte noch an, dass ich bisher kaum Veränderungen in der Stadt wahrgenommen hatte und dass ich am
Abend mit Jonas und dessen Freundin zum Essen verabredet war.

Etwa eine halbe Stunde später traf Jonas endlich
ein. Wir begrüßten uns überschwänglich und ich spürte, dass er sich wirklich freute und ich willkommen
war.

Jonas wollte noch duschen und meinte, dass Mireia,
seine Freundin, nachher im Lokal zu uns stoßen würde.
Ich gab dazu von mir, dass wir doch auch hätten später
zu Abend essen gehen können. Daraufhin lachte er
mich nur an und meinte: »David, ich weiß doch nur zu
gut, dass du eigentlich am liebsten schon um sieben
essen würdest.«

Ich machte es mir derweil mit einem Sherry als vor-
gezogenem Aperitif an der Theke zwischen Küche und
Wohnbereich gemütlich. Als sich Jonas frisch geduscht
und umgezogen kurz dazugesellte, merkte ich, dass ich
bisher kaum etwas gegessen hatte, und spürte bereits
den Drink.

Jonas wirkte unverändert, obwohl ich ihn schon seit
drei Jahren nicht mehr zu Gesicht bekommen hatte. Er

war etwa einen halben Kopf größer als ich und ebenfalls von schlanker Statur. Seine blauen Augen stachen unter dem vollen, sehr dunklen Haar hervor. Als ich genauer hinsah, meinte ich aber, das ein oder andere graue darin entdeckt zu haben. Hiervon war ich bislang glücklicherweise verschont geblieben. In dunkler Jeans und weißem Hemd machte er eine wirklich gute Figur und ich kam nicht umhin, ihn ein wenig für das Glück, hier in Barcelona leben zu können, zu beneiden.

Wir tranken aus und machten uns alsbald auf den Weg. Zu meiner Überraschung hatten die beiden ein Restaurant ausgewählt, das ich bereits von meinem ersten Aufenthalt in Barcelona her kannte. Es lag an der Straße, über die ich zuvor aus Richtung der Placa de Catalunya gekommen war, etwa auf halber Strecke dorthin.

Im Lokal wurden wir sehr freundlich empfangen. Da es für spanische Verhältnisse noch recht früh war, hielt sich die Anzahl der übrigen Gäste in beschaulichen Grenzen. Jonas und ich bestellten noch einen Sherry, direkt aber auch Wasser dazu. Mit der Bestellung für das Essen wollten wir warten, bis Mireia eintraf.

Dies dauerte auch nicht lange und Jonas stellte sie mir mit sichtlichem Stolz vor. Wir sprachen ab jetzt Spanisch und Mireia machte auf mich einen ganz bezaubernden Eindruck. Vielleicht vor allem wegen ihrer Fremdartigkeit. Sie war wie Jonas Anfang dreißig, jedoch kleiner als dieser, auch etwas als ich. Lange, pechschwarze Haare, kastanienbraune, leicht mandelförmige Augen und ein beinahe kantiges Gesicht, in dem eine durchaus markante Nase prangte, ließen Mireia wie eine Spanierin aus dem Bilderbuch erscheinen. Auf meine Frage nach der Herkunft ihres Namens erfuhr ich, dass es eine katalanische Form von Maria war.

Wir bestellten Wein zum Essen. Vorne weg wählten wir »Pa amb tomàquet«, das typische Brot mit Tomate, das es durchaus aber auch in anderen Gegenden von Spanien gab, wo es dann eben »Pan con tomate« hieß. Ich hatte auch nichts gegen eine Vorspeise einzuwenden, da ich zuvor noch nicht viel gegessen hatte und wirklich ein wenig hungrig war. Hierbei entschied ich mich hier für »Esqueixada«. Bisher hatte ich mich noch nicht getraut, diesen Salat aus Stockfisch, Zwiebeln, Oliven und Tomaten sowie gekochtem Ei zu probieren. Da ich inzwischen aber positive Erfahrungen mit Stockfisch in Portugal gemacht hatte, wollte ich diese Spezialität unbedingt einmal kosten und wurde auch nicht enttäuscht.

Jonas verzog bei meiner Wahl das Gesicht – ich glaube, er mochte gar keinen Fisch. Mireia hingegen schien meine Tapferkeit aufrichtig anzuerkennen und nickte mir ermutigend zu.

Als Hauptgericht bedienten wir uns gemeinsam aus einer großen Pfanne mit »Arròs amb Conill«. Das war ein katalanisches Reisgericht mit Kaninchen, ähnlich einer Paella zubereitet.

So verbrachten wir mehrere Stunden, wobei wir uns angeregt unterhielten. Jonas erkundigte sich nach Marcus und einigen anderen Freunden aus der Heimat. Ich merkte an, wie offensichtlich gut es ihm hier gehe und welch eine sympathische Freundin er gefunden habe. Mireia und ich lernten uns besser kennen und ich hatte das Gefühl, dass ich sie durchaus davon überzeugen konnte, ein netter Kerl zu sein.

Wieder zu Hause angekommen, entschieden wir uns trotz des für einen Wochenanfang bereits beachtlichen Alkoholkonsums doch noch für einen Brandy. Schließlich wünschten wir uns eine gute Nacht und ich schlief ausgezeichnet bis zum Morgengrauen.

< 3 >

Eigentlich hatte ich mir vorgenommen, Laufen zu gehen. Da ich mich jedoch noch müde und unerholt fühlte, verwarf ich den Gedanken sofort und ging stattdessen direkt unter die Dusche. Ich versuchte, möglichst leise zu sein, da ich Jonas und Mireia nicht wecken wollte. Es schien mir auch zu gelingen, da ich keinen einzigen Ton aus ihrem Zimmer vernahm.

Alsbald begab ich mich nach draußen. Unweit von dem Haus mit der Wohnung von Jonas und Mireia befand sich auf der gegenüberliegenden Straßenseite eine Bäckerei. Ich erinnerte mich, dort wirklich gute Backwaren erhalten zu haben, und dass man hier auch einen Kaffee zu sich nehmen konnte.

Ich trank einen Kaffee und aß dazu ein Croissant. Als ich mich auf den Weg zurück zur Wohnung machte, nahm ich zudem noch Brötchen und weitere Croissants mit.

In der Küche begegnete ich zunächst nur Mireia, die mich ein wenig verwundert ansah. Ich sagte ihr, dass ich in der Regel noch früher aufstehen würde, woraufhin sie nur mit offensichtlichem Unverständnis den Kopf schüttelte. Ich sah, dass sie dabei war, Kaffee zuzubereiten, was mich veranlasste, triumphal auf meine Ausbeute vom Bäcker aufmerksam zu machen.

Offensichtlich über die Mitbringsel erfreut, griff sie nach einer Schale, die sie dann auf die Theke stellte, an der wir auch frühstücken würden. Sie schob sie noch ein wenig in meine Richtung und ich leerte den Inhalt der Papiertüten hinein.

Als der Duft von Kaffee und frischen Brötchen mittlerweile die ganze Wohnung durchdrang, erschien auch endlich Jonas in der Tür. Wie Mireia war er offensichtlich lediglich dem Bett entstiegen, ohne bisher dem Bad einen nennenswerten Besuch abzustatten.

Als er sah, dass ich bereits fix und fertig war, lachte er nur und meinte: »Wie früher, David, du hast dich wirklich kein bisschen verändert.«

Mireia merkte zumindest anerkennend an: »Sieh nur, er hat die Bäckerei gefunden und Croissants mitgebracht.«

Während wir frühstückten, erzählten mir die beiden von ihrer Arbeit. Ich wusste bereits, dass sich Jonas als Computerspezialist gut in Barcelona etablieren konnte. Inzwischen war er wohl überwiegend für einen Auftraggeber tätig, der in Barcelona ein Rechenzentrum unterhielt. Jonas' Aufgabe bestand aber vor allem darin, die in ganz Spanien verteilten Filialen an dieses anzubinden, weshalb er neuerdings viel verreisen musste. Mireia erzählte mir von ihrer Arbeit als Grafikdesignerin. Sie war ebenfalls selbstständig, jedoch wie Jonas überwiegend für ein Unternehmen tätig. Normalerweise arbeitete sie fast immer von zu Hause aus. Da sie derzeit an einer Präsentationsreihe für ihren Hauptauftraggeber beteiligt war, musste sie allerdings schon am nächsten Tag nach Madrid. Vermutlich würde ich sie dann erst kurz vor meiner Abreise wieder zu Gesicht bekommen.

Jonas entschuldigte sich dafür, dass er nicht im Vorfeld absehen konnte, ob und wie er momentan unter Termindruck stehen würde. Wir richteten für mich einen Zugang zum Server ein, sodass er auch von unterwegs die Möglichkeit bekam, auf meine Arbeit zuzugreifen. Die Wochenenden wollten wir schließlich dazu nutzen, unmittelbar gemeinsam zu arbeiten.

Mireia hatte noch Vorbereitungen zu treffen. Jonas musste später kurz in die Zentrale seines Auftraggebers, sodass er und ich die verbliebenen Stunden des Vormittags dazu nutzten, an meinem Projekt zu arbeiten. Ich verschaffte ihm einen Eindruck von den anstehenden Aufgaben. Schon bald erkannte ich, dass es eine gute Überlegung gewesen war, ihn einzubeziehen. Für einige Punkte, die ich zuvor als recht knifflig angesehen hatte, verfügte er auf Anhieb über tolle Lösungsansätze.

Als Jonas schließlich aufbrechen musste, kündigte ich an, für die beiden am Abend zu kochen. Meine Einkäufe hierzu würde ich auf dem Markt vornehmen.

< 4 >

Der Mercat de la Boqueria war wohl der bekannteste der Märkte von Barcelona, wenngleich er nicht der größte war. Denn das war der Mercat del Born. Dennoch konnte man auf dem Mercat de la Boqueria sämtliche Dinge kaufen, welche in der spanischen und der katalanischen Küche benötigt wurden und natürlich noch viel mehr. Alles machte einen sehr frischen Eindruck. Egal, ob Obst, Gemüse, Fleisch oder Fisch, es war von allem im Übermaß vorhanden und die jeweiligen Stände wirken äußerst sauber und vertrauenerweckend. Das Gebäude befand sich mitten in der Stadt, direkt an den weltberühmten Ramblas.

Eine Einkaufsliste hatte ich nicht geschrieben und ich wusste auch noch gar nicht so recht, was ich kochen sollte. Fasziniert und zugleich ein wenig angewidert betrachtete ich die kleinen Spanferkel, die mich aus den Glasvitrinen der Metzger ansahen. Teilweise wurde den armen Geschöpfen sogar noch eine kleine rote Schirmmütze aufgesetzt, sodass sie den Anschein von Spielzeug erweckten. Nach ihrem Anblick überlegte ich, ob ich bei der Zubereitung des Abendessens gänzlich auf Fleisch verzichten sollte. Mich selbst zog es ohnehin zunächst zu den Gemüseständen und Käsehändlern hin.

In der Markthalle ging es äußerst geschäftig zu, sodass es eine kleine Weile dauerte, bis ich mir einen angemessenen Überblick verschaffen konnte. Ich kam an einigen sehr einladenden Essständen vorbei, die mich regelrecht anlachten. Da ich tatsächlich auch bereits ein wenig Appetit verspürte, überlegte ich, ob ich nicht erst einmal eine Kleinigkeit zu mir nehmen sollte.

Ich wollte gerade entscheiden, an welchem Stand ich meine Pause einlegen würde, als sie direkt in mich hineinlief. Ich stieß mit einer Frau zusammen, die plötzlich und ohne jegliche Vorwarnung wie angewurzelt vor mir stehen blieb. Tatsächlich berührten wir uns sogar körperlich ganz leicht. Sie stand einfach nur da und starrte mich erschrocken an. Ich konnte keinerlei Anzeichen wahrnehmen, dass sie sich auch nur ein Stück bewegen würde, weshalb ich mich oberflächlich entschuldigte, wobei ich sie einfach umgehen wollte. Als sich aber unsere Augen trafen, wurde ich von einer Faszination ergriffen, die plötzlich meinen ganzen Körper durchdrang. Noch nie hatte ich derart unterschiedliche Gefühle bei einem Menschen in einem einzigen Augenblick wahrnehmen können. Ich las in ihren Augen eine Mischung aus Angst, Ungläubigkeit, Freude, Hoffnung und schließlich Schmerz gepaart mit Entsetzen. Sie schlug sich mit der Rechten vor den Mund und sprach zu meinem Erstaunen Französisch, wobei ich allerdings nur den Namen »Philippe« und dann noch so etwas wie »Das kann doch nicht sein, das ist unmöglich« verstand. Aufgeregt wie sie war, entfuhr ihr noch eine Unzahl an Worten, von denen ich jedoch kaum welche näher verstehen konnte. Das lag vermutlich auch daran, dass sie so verzweifelt ihre Hand über den Mund gepresst hatte.

Ich spürte auf einmal, wie sie zusammenzubrechen drohte, sodass ich versuchte, sie zu halten, was mir jedoch nur bedingt gelang. Halb hielt ich die Frau nun in meinen Armen, halb entglitt sie mir auf den nackten Boden der Markthalle. Ich beugte mich herab und trat hinter sie, damit ich ihr besser Halt geben konnte.

Natürlich blieb die Situation nicht unbemerkt. Es bildete sich schnell eine kleine Menschentraube um uns. Man redete sowohl auf Spanisch wie auch auf Katalanisch auf uns ein, wohl um Hilfe anzubieten, sicherlich aber auch, um nur die eigene Neugierde zu befriedigen.

Glücklicherweise gelang es der mir noch immer unbekannten Frau, sich einigermaßen rasch wieder zu fassen. Sie versuchte die uns Umstehenden und vermutlich auch mich davon zu überzeugen, dass es ihr gut ging und sie keine weitere Hilfe benötigte. Um dies zu bekräftigen, probierte sie aufzustehen, wobei ich ihr behilflich war. Da sie jetzt akzentfreies Spanisch sprach, fragte ich sie in derselben Sprache schließlich, ob sie tatsächlich in Ordnung sei. Ich war bereits im Begriff, mich von ihr abzuwenden, als sie meine Frage mit einem deutlichen Nicken beantwortete. Sie packte mich, zu meinem Erstaunen recht fest, am linken Arm und hielt mich so, dass ich nicht anders konnte, als sie erneut anzublicken.

Wieder schaute ich in diese Augen, die eine solche Vielzahl von Emotionen in einem gar so kurzen Moment gezeigt hatten. Sie schien nun gefasster und versuchte sogar mich anzulächeln. Deutlich konnte ich aber auch Tränen in ihren Augen sehen.

Sie bat mich höflich, mit ihr doch einen Kaffee zu trinken. Da ich noch Zeit hatte und gewiss auch neugierig war, zu erfahren, was es denn mit dieser Unbekannten auf sich hatte, nahm ich ihr Angebot gerne an.

Wir verließen die Markthalle über den Ausgang auf der Rückseite, also der den Ramblas gegenüberliegenden. Meine Begleiterin, eigentlich war ich wohl eher ihr Begleiter, steuerte sofort zielstrebig ein Café an der Placa de la Gardunya an. Sie wählte für uns einen freien Tisch im Außenbereich, der ein wenig für sich stand.

Nachdem wir Platz genommen hatten, schaute ich sie fragend an, ließ ihr aber Zeit, da ich merkte, dass sie noch nicht bereit war. Wir gaben unsere Bestellung auf und ich bemerkte, wie sie versuchte, sich zu sammeln, um ihre Gedanken in Worte fassen zu können. Schließlich fragte sie mich zunächst, ob es mir lieber sei, Englisch mit ihr zu sprechen. Das nahm ich ebenso gerne an wie ihre Einladung zum Kaffee. Fast musste ich diese attraktive Frau um ihre Sprachbegabung beneiden, da auch ihr Englisch besser zu sein schien als das meinige.

Erst mit dem Wechsel der Sprache bemerkte ich, dass sie mich die ganze Zeit über einfach duzte. Jetzt im Englischen allerdings hob sich das irgendwie auf. Sie stellte sich mir als Silvia Roanne vor.

Auf ihre Frage, wie ich hieß, antwortete ich ihr wahrheitsgemäß: »David, David Adolphy«, wobei ich meinen Vornamen deutsch betonte.

Sie musterte mich unverhohlen neugierig und erriet dann zugleich, dass ich aus Deutschland stammte, was ich ihr gegenüber ebenfalls der Wahrheit entsprechend bejahte.

Mich ab dann mit dem Vornamen ansprechend, fragte sie mich schon bald nach meinem Alter und schließlich, als ich ihr dieses verraten hatte, sogar nach meinem Geburtstag.

Während ich dies bereits sehr persönlich fand, schien sie nach den entsprechenden Angaben irgendwie verwirrt, nahezu ungläubig. Mit einem aus meiner Sicht verwunderlichen, jedoch deutlich erkennbaren Anflug von Ärger in der Stimme fragte sie sogar noch nach, ob ich ihr denn auch wirklich die Wahrheit sagen würde. Schließlich sagte sie nur noch, dass sie gleich alt sei. Ihr Erstaunen als Reaktion auf meine Altersangabe und meinen Geburtstag schien mir aber nicht unbedingt daher zu ruhen.

Der Kaffee wurde inzwischen serviert. Wir tranken davon und schauten uns mehr an, als dass wir miteinander redeten. Ich war mehr als neugierig und vielleicht auch etwas misstrauisch, wogegen mein Gegenüber regelrecht von mir fasziniert wirkte. Zugleich schien sie aufgeregt und leicht fahrig, während sie mich hemmungslos von Kopf bis Fuß musterte. Schließlich kramte Silvia ein Portemonnaie aus einer kleinen Handtasche, die ich bisher noch gar nicht richtig bemerkt hatte. Dem Portemonnaie entnahm sie wortlos ein Foto, welches sie sogleich, weiter schweigend, vor mich hinlegte.

Das Foto, das ich dann zu sehen bekam, machte mich nun meinerseits sprachlos. Es war eine Aufnahme von mir.

Ich blickte von dem Bild, das mich zu zeigen schien, mir jedoch auch fremd vorkam, zu ihr und wieder zurück auf das Foto. So ging es sicherlich eine ganze Weile, bis ich schließlich fragend mit dem Kopf schüttelte, da ich keinen Zusammenhang zu der Fotografie herstellen konnte.

Silvia sagte mich fest im Blick behaltend: »Das ist mein Mann, er ist bereits gestorben.« Ihre Stimme zitterte, als sie leise fortfuhr: »Er starb vor etwas mehr als einem Jahr und wäre jetzt genauso alt wie du.«

Ich wusste nicht, was ich hätte sagen sollen, und nickte daher lediglich, sicherlich jedoch nicht sonderlich überzeugt.

Silvia versuchte, zu lächeln. Während sie das Foto beinahe zärtlich in ihre Hände nahm, sagte sie: »Das ist Philippe«, dann zögernd und kaum noch hörbar, »das war Philippe.« Sie nahm ihre ganze Kraft zusammen und meinte schließlich noch: »Das Foto wurde etwa zwei Monate vor seinem Tod aufgenommen.«

Direkt in ihre traurigen, tränenfeuchten braunen Augen blickend, sah ich jetzt in ihnen vor allem ein Gefühl. Ihre Augen schienen voll unendlicher Liebe für diesen Mann, der so aussah wie ich.

Schluckend nickte ich erneut, immer noch unfähig, etwas zu sagen. Mir gelang jedoch ein Lächeln, mit dem ich ein wenig die Traurigkeit aus Silvias Blick stehlen konnte. Sie schaute mich, zwar weiterhin offensichtlich bedrückt, sehr freundlich an und nickte mir nun ebenfalls zu.

Silvia entschuldigte sich für einen Moment und verschwand im Inneren des Cafés. In der hierdurch entstehenden kurzen Pause bemerkte ich, dass wir die Aufmerksamkeit einiger Nachbartische auf uns gezogen hatten. Insbesondere eine ältere Dame mit übertriebenem Sonnenhut schien außergewöhnlich neugierig. Ich schaute ihr direkt entgegen und lächelte sie freundlich, aber auch wissend an. Sofort blickte sie verlegen unter sich und begann in ihrer Handtasche herumzukramen, als würde sie verzweifelt etwas darin suchen. Ich bemerkte, wie sie sogar leicht errötete, und amüsierte mich köstlich über ihre deutlich erkennbare Übersprunghandlung.

Silvia kehrte schon bald zurück. Sie hatte sich offensichtlich das Gesicht erfrischt und schaute mich jetzt aufgeräumter als zuvor an. Sofort setzten wir unser Gespräch fort und Silvia erzählte mir hierbei, dass ihr Mann gebürtiger Franzose gewesen war. Sie kannten einander aber bereits seit frühester Kindheit. Die Eltern von Philippe hätten damals in Barcelona gelebt. Philippe habe nach der Schule in Paris, woher seine Familie ursprünglich stammte, studiert.

Anschließend aber sei er wieder nach Barcelona zurückgekehrt und habe hier als selbstständiger Architekt ein Planungsbüro geführt.

Sie selbst sei Innenarchitektin und habe an vielen Projekten gemeinsam mit ihrem Mann gearbeitet.

Während sie noch viel mehr von sich und dem Verstorbenen erzählte, bat sie mich aber immer wieder, auch etwas von mir kundzutun. Wie gebannt hing sie dann an meinen Lippen und lauschte meiner Stimme. Sie sagte, dass diese wie die von Philippe klingen würde und sich sogar unsere Art zu sprechen glich, bis hin zu Mimik und Gestik. Lediglich unsere Aussprache unterscheide sich.

Mich überkam bei ihrer Schilderung ein leichter Schauder, den sie sicherlich die ganze Zeit über verspürte. Es schien mir, dass es für sie sein musste, als würde sie einem Geist gegenübersitzen. Genauer gesagt dem Geist ihres verstorbenen Mannes.

Um jeden Zweifel hinsichtlich des Zeitpunkts meiner Geburt auszuräumen, zeigte ich Silvia bereitwillig meinen Ausweis. Wir fragten uns, wie es sein könne, dass sich zwei Menschen einander nicht nur absolut ähnelten, sondern dass diese auch noch am selben Tag geboren worden waren. Inzwischen hatte ich erfahren, dass Philippe selbst in Paris zur Welt gekommen war. Entsprechend merkte ich an, dass unsere Geburtsorte lediglich etwa vierhundert Kilometer voneinander entfernt lagen. Zumindest schienen wir aber nicht zeitgleich von unseren Müttern entbunden worden zu sein. Während ich bereits kurz nach Mitternacht auf die Welt gekommen war, war dies bei Philippe erst am späteren Vormittag der Fall gewesen.

Da ich ebenfalls französische Wurzeln hatte, versuchten wir auch von dieser Seite her einen Zusammenhang abzuleiten. Dies blieb jedoch erfolglos. Die Roannes und die Adolphys schienen sich nie nähergekommen zu sein.

Wir verbrachten den gesamten Nachmittag im Café und suchten nach weiteren Gemeinsamkeiten zwischen Philippe und mir. Es fiel uns dann auch sehr schwer, voneinander loszulassen, als Silvia meinte, dass sie noch einiges erledigen und letztendlich aufbrechen müsse. Ich schaute sie an und bemerkte ihre Unsicherheit. Schließlich räumte Silvia ein, dass ihr gar nicht klar war, wie sie nach unserer Begegnung ihren alltäglichen Verpflichtungen nachkommen sollte. Sie ließ mich dann auch nicht Abschied nehmen, ohne mir ein Versprechen abzuringen, dass wir uns wiedersehen würden.

<　5　>

Ich war nach der Begegnung mit Silvia nicht mehr in der Lage, auf dem Markt einzukaufen, und entschied mich daher, alles Notwendige in einem Supermarkt zu besorgen.

Den Supermarkt fand ich auf dem Weg zu Jonas' Wohnung. Ich wollte unbedingt zu Fuß gehen, um klare Gedanken fassen zu können. Ich konnte beim Gehen und Wandern am besten entspannen. Auf meinem Weg und später auch im Supermarkt wurde ich andauernd von dem Gefühl übermannt, dass man mich beobachten würde. Einmal bildete ich mir sogar ein, dass man mich als Philippe erkannt hatte.

Irgendwann später gelang es mir, diese Gedanken abzuschütteln. Da ich auch nicht mehr allzu viel Zeit für Vorbereitungen hatte, entschied ich mich dafür, ein Ratatouille aufzusetzen. Ich kaufte die verschiedenen Gemüse und Kräuter und konnte auch Bulgur finden, den ich dazu servieren wollte. Für die Vorspeise besorgte ich frische Feigen und Ziegenkäse sowie Portwein. Ich würde die Feigen mit dem Käse in den Backofen geben und mit Portwein übergießen. Da das Ganze schön aussah und hervorragend schmeckte, merkte man kaum, wie einfach das Gericht zubereitet wurde. Beim Nachtisch traf ich die Entscheidung, lediglich eine Variation von Trockenfrüchten anzubieten, die ich aus einer losen Auswahl selbst zusammenstellte. Natürlich nahm ich auch Wein mit. Da ich am Tag zuvor bemerkt hatte, dass ich Mireia beim entsprechenden Konsum nicht unterschätzen sollte, besorgte ich direkt drei Flaschen, obwohl es erneut ein Wochentag war.

Da ich mir keine besonders schwierigen Aufgaben

aufgebürdet hatte, gelang mir die Zubereitung des Abendessens auch problemlos. Als ich schließlich servierte, bemerkte ich, dass Jonas offensichtlich nach Fleisch Ausschau hielt. Da erzählte ich kurz von den kleinen Schweinchen aus den Vitrinen der Metzger. Mireia schien ohnehin angetan von meiner Auswahl.

Beim Essen berichtete ich den beiden von der Begegnung mit Silvia und von dem, was ich von ihr über Philippe erfahren hatte. Während Mireia nur fasziniert, wenngleich auch ungläubig schien, erkannte ich bei Jonas einen regelrechten Anflug von Sorge. Er fragte mich, ob ich mir sicher sei, dass das nicht irgendwie ein Trick war. Er meinte sogar, dass er es bereue, die nächsten Tage keine Gelegenheit zu haben, da zu sein, falls etwas passieren würde.

Mit einer Zuversicht, die ich selbst kaum recht verspürte, versuchte ich, die beiden zu beruhigen. Zwar konnte ich meine Erlebnisse bisher kaum richtig einordnen, dennoch war mir aber klar, dass ich mehr wissen wollte und Silvia unbedingt wiedersehen musste.

Wir tranken den Wein nicht ganz aus. Von Mireia nahm ich bereits Abschied, da ich sie am Morgen vermutlich nicht mehr zu Gesicht bekommen würde. Sie bedankte sich noch einmal für das Abendessen. Dabei meinte sie, es schön, dass ich hier wäre und es sie glücklich mache, dass Jonas so nette Freunde habe.

Mit dem begrenzten Weinkonsum traute ich mich noch an eine kurze E-Mail an Marcus. In ihr erwähnte ich aber nur beiläufig meine Begegnung mit Silvia. Die Geschichte um Philippe ließ ich sogar gänzlich aus. Stattdessen schrieb ich lieber vom gelungenen Abendessen und davon, wie aufrichtig freundlich mich meine beiden Gastgeber aufgenommen hatten. Nachdem ich dann wahrnehmen konnte, dass das Bad frei wurde, suchte ich dieses noch auf, bevor ich mich schließlich dem Schlaf hingab, der auch nicht lange auf sich warten ließ.

< 6 >

»Kennst du die sieben Arten von Dreiecken?«

Ich erkenne in dem Jungen, der mir gegenübersitzt, sofort Philippe – da ich es nicht sein kann. Wir sitzen im Sand an einem Strand, den ich so erst einmal in meinem Leben gesehen habe. Der Sand besteht aus feinst gemahlenen Korallen, die jedoch gröber sind als üblicher Strandsand. Wenn man diesen Uferbereich barfuß begeht, kann man auch die Schärfe dieser kleinsten Korallenkörnchen spüren. Entschädigt wird man dafür mit deren wunderbaren Farbgebung. Der ganze Strand erstrahlt in zartem Rosa.

Ich schaue Philippe an, der mich anlächelt, und schüttle mit dem Kopf.

»Willst du es mir erklären?«

Ich mustere mein Gegenüber und schätze ihn auf zehn, vielleicht auch elf. Dann sehe ich an mir selbst herunter und bemerke, dass ich ebenfalls wieder Kind bin und wie Philippe lediglich eine grüne Bermudahose trage, die sich seltsam von dem Rosa des Korallensands abhebt.

Philippe lächelt mich immer noch an und wirkt beinahe amüsiert, als er meine Verwunderung bemerkt. Er zeichnet mit seiner bloßen rechten Hand ein regelmäßiges Dreieck in den Sand zwischen uns und sagt: »Das ist ein gleichseitiges Dreieck. Es kennzeichnet sich eben dadurch, dass es drei gleichlange Seiten besitzt und die gegenüberliegenden Winkel ebenfalls gleich sind.«

Er schaut mich dann wieder an und lächelt erneut. Als ich ihm zunicke und ihm so zu verstehen gebe, dass ich ihm folgen kann, verwischt er die Zeichnung und malt ein neues Dreieck in den Sand.

»Das ist ein gleichschenkliges Dreieck. Es besitzt mindestens zwei gleichlange Seiten, wobei die beiden Winkel gegenüber den gleichlangen Seiten ebenfalls gleich sind.«

Ich merke hieraufhin an, dass das gleichseitige Dreieck doch ebenfalls diese Kriterien erfüllt, woraufhin er mir erklärt, dass das gleichseitige Dreieck eine Sonderform des gleichschenkligen Dreiecks darstellt.

Philippe erklärt mir auch noch, dass ein ungleichseitiges Dreieck drei verschieden lange Seiten besitzt und entsprechend auch drei ungleiche Winkel. Er malt auch wieder ein solches auf den zwischen uns liegenden Strandboden.

Dann sieht er mich unverwandt an, wobei sein Gesicht eine ernste Miene annimmt, und fragt: »Bist du nicht froh darüber, dass wir uns endlich gefunden haben?«

Bevor ich aus meinem Traum erwache, lächelt er mich wieder an und ich antworte mit der Frage: »Warum nur erst jetzt?«

< 7 >

Ich war überrascht, dass ich Jonas dazu überreden konnte, mit mir Laufen zu gehen. Wir wählten für unsere Runden den unweiten Parc de la Ciutadella, das ehemalige Weltausstellungsgelände mitten in der Stadt. Markantestes Überbleibsel war hier bis heute der Arc de Triomf, ein gewaltiger steinerner Triumphbogen. Von dort aus starteten wir. Vorbei ging es an einem Gebäude, welches inzwischen das Zoologische Museum beherbergte und an einigen großen Gewächshäusern, die ich bei meinem damaligen Aufenthalt in der Stadt auch von innen besichtigt hatte. Wir ließen auch nicht die mitten im Park gelegene, riesige Brunnenanlage aus.

Da ich bemerkte, dass Jonas wenig geübt und vermutlich nur mir zuliebe mitgelaufen war, drosselte ich das Tempo, sodass es ihm leichter fiel, mitzuhalten. Während wir liefen, erzählte mir Jonas, dass das Ausstellungsgelände seinerzeit viel größer gewesen war als der heutige Park und unter anderem den angrenzenden Bereich einschloss, wo sich mittlerweile das Gelände des Zoos von Barcelona befand.

Das Laufen und auch die Bemühungen von Jonas um Kommunikation hielten mich nicht davon ab, fortlaufend in meinen Gedanken abzuschweifen. Immer wieder musste ich sowohl an den Traum der letzten Nacht wie auch an die Begegnung mit Silvia denken.

Ich fragte mich erneut, ob es klug war, weiteren Treffen mit ihr zuzustimmen. Zugleich war ich mir aber auch sicher, dass meine Neugier gar keinen anderen Entschluss zuließ. Auf dem Foto sah er tatsächlich wie ein Zwillingsbruder von mir aus. Wir wiesen die gleiche Gesichtsform auf. Haare, Augen, Nase und

Mundpartie waren praktisch identisch. Auf seiner linken Wange erkannte ich sogar ein kleines Mal, das auch ich von Geburt an trug. Es war schlichtweg faszinierend, wenngleich zugegebenermaßen auch irgendwie unheimlich.

Dass ich von ihm träumte, schien mir nicht sehr ungewöhnlich. Ich konnte mir allerdings keinen Reim darauf machen, warum Philippe mir im Traum als Kind begegnete. Ich fragte mich auch, ob ich wieder von ihm träumen würde und ob ich Silvia hiervon erzählen sollte.

Da ich bereits für diesen Abend mit Silvia verabredet war, malte ich mir Fragen aus, die ich ihr stellen wollte. Außerdem hoffte ich, dass sie, wie sie es versprochen hatte, weitere Fotos von Philippe mitbringen würde.

Während Jonas davon erzählte, wie er Mireia in Deutschland kennengelernt hatte und von der Zeit, bevor sie sich entschlossen hatten, nach Spanien zu ziehen, dachte ich weiter über Philippe nach. Theoretisch hätte ich ihm bereits zuvor begegnen können. Insbesondere während meines Aufenthaltes in Barcelona vor ein paar Jahren. Auch hätte die Möglichkeit bestanden, dass man mich mit ihm verwechselte. Vielleicht war das ja sogar passiert, ohne dass wir davon wussten. Eigentlich könnte das auch heute noch vorkommen, wenn man nicht erfahren hätte, dass er inzwischen verstorben war.

Als Jonas und ich wieder unseren Ausgangspunkt erreichten, den Triumphbogen, schenkte ich ihm endlich mehr Aufmerksamkeit. Wir besorgten Brötchen in der Bäckerei nahe seiner Wohnung. Es bediente uns dieselbe junge Frau, die mir auch am Vortag die Backwaren verkauft hatte. Sie schien offensichtlich erfreut darüber, mich erneut zu sehen, und zeigte dies ein wenig zu überschwänglich. Als ich sie freundlich ansah und sich unsere Augen trafen, lächelte sie äußerst verlegen und versuchte, sich meinem Blick zu entziehen. Sie blickte zu den Seiten und auch zu Jonas, sicher um festzustellen, ob jemand ihre Freude bezüglich unseres Wiedersehens bemerkt hatte. Bei ihren Kolleginnen hatte sie diesbezüglich Glück. Jonas jedoch grinste sie wissend an, was sie noch verlegener machte, sodass sie schon sehr bald gar nicht mehr wusste, wo sie hinschauen sollte. Um die Lage zu entspannen, nahm ich ihr meine Einkäufe ab und bat sie mir zu sagen, was ich zu zahlen hätte. So war sie, schließlich mit der Kasse und dem Bezahlvorgang beschäftigt.

Nachdem wir im Wechsel geduscht und parallel dazu Frühstück vorbereitet hatten, stellten wir einen simplen Plan für die kommenden Tage auf.

Mireia hatte bereits gegen fünf das Haus verlassen, da sie mit einer der ersten Maschinen nach Madrid geflogen war. Jonas musste nach dem Frühstück mit dem Wagen nach Zaragoza fahren, um dort eine Filiale seines Auftraggebers zu betreuen. Er würde erst am Samstag zurückkommen. Zwischenzeitlich könnten wir uns jedoch online und telefonisch zu meinem Projekt austauschen.

Hinsichtlich seiner Wohnung machte er sich scheinbar keinerlei Sorgen. Er meinte, dass sie bei mir ganz bestimmt in besten Händen sei. Wir gingen noch ein paar Details durch und schon war ich allein.

< 8 >

Da ich das Restaurant ausgewählt hatte, erlaubte ich mir auch, bereits einen Platz unter den Arkaden festzulegen. Meinen Gewohnheiten entsprechend war ich wieder einmal etwas zu früh, sodass ich zunächst nur Wasser bestellte.

Ich musste jedoch nicht allzu lange warten, da sah ich sie bereits in meine Richtung kommen. Silvia war etwa so groß wie ich, was für eine Frau sicherlich ein Kompliment war. Sie war sehr schlank und machte in ihrem grauen Kostüm eine äußerst ansprechende Figur. Das Jackett des Kostüms trug sie, da es noch ziemlich warm war, über dem linken Arm. Ihrer dunkelblauen Bluse war Seide zumindest beigemischt. Sie trug das Haar jetzt offen, wobei es ihr leicht über die Schultern fiel. Bei unserer ersten Begegnung hatte sie ihr Haar hochgesteckt getragen, was bei ihr eine gewisse Strenge mit sich brachte. Die nun offenen Haare waren von dunklem Braun und glatt, bis auf eine leicht nach innen verlaufende Welle. Dieses Mal bemerkte ich auch sofort eine Handtasche, zumal diese um einiges größer war als die, welche sie zuletzt bei sich getragen hatte.

Mich anstrahlend und in noch beachtlicher Entfernung mir bereits die Rechte entgegenstreckend, kam sie zügig auf mich zu. Ich ergriff ihre Hand und erwiderte den Gruß. Vermutlich dachte sie, dass dies eine geeignete Form sei, einen Deutschen zu begrüßen. Vielleicht wollte sie aber auch auf die sonst in südlichen Ländern eher herzlicheren Begrüßungsformen verzichten, um einen nicht auf ein Händeschütteln beschränkten Körperkontakt zu vermeiden. Sie setzte sich mir gegenüber, nachdem ich zuvor nach meiner

Gewohnheit aufgestanden war und nun ebenfalls wieder Platz nahm. Als sich unsere Augen trafen, konnte ich den ihren erneut ein Überschwelgen an Gefühlen entnehmen. Sicherlich sah sie in mir doch zumindest für kurze Augenblicke immer wieder ihren verstorbenen Mann.

Wir bestellten Wasser, Rotwein und verschiedene Tapas. Ich hatte dieses Restaurant ausgesucht, da hier auch kanarische Küche angeboten wurde, die ich schon seit meiner Kindheit ganz besonders mochte – vermutlich, weil ich ein paar Jahre lang dort aufgewachsen war. Sie kannte das Restaurant ebenfalls, meinte jedoch, es bisher eher selten besucht zu haben.

Als die Getränke und auch ein paar Oliven bereits auf dem Tisch standen, drängte mich Silvia, von mir zu erzählen. Bereitwillig bot ich ihr eine kurze Schilderung von meinem Leben in Deutschland dar und über meine Arbeit in der Computerbranche. Ich verschaffte ihr auch einen Überblick zur Familie Adolphy und schließlich ließ ich nicht unerwähnt, dass ich mit meinen Eltern als Kind knapp vier Jahre in Spanien gelebt hatte.

Sie meinte daraufhin, jetzt zu verstehen, warum ich so gut Spanisch sprechen würde. Das sah ich natürlich völlig anders, zumal wir auch unsere diesmalige Unterhaltung auf Englisch führten, was mir auch wesentlich lieber war.

Zwischenzeitlich wurde der Rest unserer Bestellung serviert. Obwohl es nach außen eigentlich so aussehen musste, dass wir als Paar hier waren, konnte ich das Gefühl nicht loswerden, dass unsere durchaus attraktive, aus meiner Sicht aber viel zu junge Bedienung offensichtlich mit mir flirtete. Silvia schien dies ebenfalls zu bemerken. Sie lächelte mich an und meinte:

»So war es mit Philippe auch immer.«

Ich machte ein unschuldiges Gesicht und gab zu verstehen, dass ich wirklich nichts dafür konnte. Dann, eigentlich hatte ich mir vorgenommen, sie hierzu nicht zu drängen, fragte ich sie, ob sie denn auch weitere Fotos von Philippe mitgebracht habe. Sie schaute mich wehmütig lächelnd an und zauberte zugleich ein hochmodernes Tablet aus ihrer Tasche.

Eine kleine Galerie von Bildern öffnend, legte Silvia das Gerät vor mich und da waren sie, diese Fotos, von denen ich gar nicht mehr wegblicken wollte. Ich wechselte zwischen den verschiedenen Aufnahmen hin und her. Mal war Philippe etwa in meinem derzeitigen Alter, mal war er jünger, teils erheblich. Ich sah eine Fotografie, die wohl gemacht worden war, als er um die zwanzig gewesen sein musste. Diese Betrachtung veranlasste mich, meinen Führerschein aus dem Portemonnaie herauszuholen, ihn aufzuschlagen und das darin enthaltene Passbild zu zeigen. Silvia nahm den Führerschein geradezu liebevoll in ihre Hände und betrachtete mein Foto für einen sehr langen Moment. Als sie sich mir wieder zuwandte, lächelte sie und reichte mir das Dokument, hierbei wie zustimmend nickend, zurück. Nicht zuletzt vermutlich, um die Tränen zu verstecken, die ihre Augenwinkel füllten, deutete sie auf das Foto auf dem Tablet und meinte, dass Philippe wenige Wochen vor der Aufnahme zwanzig geworden sei. Sie habe das Bild heute extra noch der Sammlung beigefügt, damit ich ihn auch einmal in derart jungen Jahren sehen könne. Es gäbe natürlich auch noch ältere Fotos, auch Bilder aus ihrer Kindheit, die sie mir bei Gelegenheit ebenfalls gerne zeigen würde. Die Passbildaufnahme für meinen Führerschein erfolgte, als ich gerade neunzehn gewesen war. Auch zwi-

schen diesen Abbildern unserer Ichs war die Similarität mehr als nur verblüffend, da schlichtweg kein
Unterschied erkennbar war.

Wir gingen die Fotos erneut durch, wobei Silvia
dieses Mal immer auch anmerkte, wann und wo die
Bilder entstanden waren. Es gab auch einige Fotografien, auf denen sie selbst zu sehen war und ich musste
anmerken, dass sie auf diesen, wie heute, stets attraktiv
wirkte und beide ein ansehnliches Paar ergaben.

Nach einer kurzen Weile schaute Silvia mir direkt
in die Augen und fragte mich: »Ich habe auch verschiedene Videos dabei«, und schließlich, »möchtest
du sie gerne sehen?«

Nicht darauf vorbereitet, aber mehr als neugierig
erwiderte ich ihren Blick ebenso eindringlich und
nickte stumm, aber innerlich erregt.

Sich selbst in Filmen festgehalten zu sehen, fand
ich immer ein wenig seltsam. Mich aber jetzt auf
Videos zu sehen, die ich nicht kannte, verschlug mir
beinahe den Atem.

Silvia wählte zunächst einen Film aus, der Philippe
beim Autofahren zeigte. Sie hatte die Aufnahme vom
Beifahrersitz aus gemacht und unterhielt sich darin mit
Philippe. Da beide Französisch sprachen, konnte ich
dem Gespräch nur bedingt folgen. Darum ging es aber
auch nicht. Es machte mich beinahe wahnsinnig, diesen mir fremden Mann in bewegten Bildern zu sehen.
Das war ich. Wie er den Mund beim Sprechen bewegte. Wie er Silvia ansah und dabei in die Kamera blickte. Diese Augen, die hell leuchteten, wenn er sie spielerisch ganz aufriss, wie ich es auch gerne tue. Silvia
hatte vollkommen recht, unsere Mimik war nahezu
identisch.

In einem anderen Video spielten Silvia und Philippe

Badminton. Sie sagte mir, dass ihr Sohn den Film aufgenommen hatte. Auch hier sah ich mich selbst. Wie er dem Ball hinterherlief, wenn er ins Aus ging – wie er dabei lachte. Er hielt den Schläger, wie ich es getan hätte, und verzog das Gesicht, wie ich es tat, wenn er einen Schlag ausführte. Das leichte und zugleich gespielt übertriebene Stöhnen, wenn er sich reckte, die freudigen Ausrufe, wenn er einen Treffer landete. Das alles war ich.

Das Video zeigte nach Beenden des Spiels, wie Silvia und Philippe sich lachend in die Arme fielen und auf ihren Sohn beziehungsweise auf die Kamera zuliefen. Ich sah, dass Silvia, während wir uns den Film anschauten, einige Tränen vergoss. Es war ihr aber auch deutlich anzumerken, dass sie Freude daran hatte, mich zu beobachten. Zu sehen, wie ich mich vor Faszination kaum von dem kleinen Bildschirm abwenden konnte.

Es vergingen noch einige Stunden, in denen wir uns angeregt unterhielten. Immer wieder warfen wir auch noch einmal einen erneuten Blick auf ein Video und das ein oder andere Foto. Schließlich machten wir uns gemeinsam auf, bis zur U-Bahn-Haltestelle an der Placa de Catalunya, wo ich die Linie 1 bis zur Haltestelle Arc de Triomf nahm. Sie wiederum stieg in die Linie 7, die hinausführte in Richtung Tibidabo. Silvia wohnte, wie sie mir sagte, unweit des Parc Güell.

Meine Strecke betrug lediglich zwei dicht hintereinanderliegende Stationen, weshalb ich bereits wenig später zu Hause ankam. Ich war erstaunt, wie viel für einen Abend in der Woche noch los war. In der U-Bahn hatte ich keinen Sitzplatz mehr bekommen, was mich aber aufgrund der kurzen Entfernung nicht weiter störte. Auf dem Weg von der Haltestelle zu

Jonas' Wohnung begegneten mir ebenfalls noch zahlreiche, scheinbar nachtaktive Menschen jeden Alters. In Anbetracht der milden Temperaturen, obwohl es bereits Herbst war, war dies vermutlich jedoch kaum verwunderlich. Wenngleich mir klar war, dass ich auch für hiesige Verhältnisse Glück mit dem Wetter hatte, kam ich nicht umhin, Jonas erneut ein wenig zu beneiden.

Trotz der späten Stunde schaltete ich den Computer noch an und sendete eine Nachricht an Marcus. Auch in dieser ging ich noch immer nicht näher auf meine Erlebnisse ein, sondern fasste den Tag lediglich im Allgemeinen zusammen.

Am Folgetag auf unser gemeinsames Abendessen würde Silvia keine Zeit finden, mich zu treffen. Es war ihr aber möglich, sich am Freitag gänzlich freizunehmen, sodass sie vorschlug, einen Ausflug mit mir zu unternehmen. Ich erwähnte im Laufe des Abends, dass ich bei meinem seinerzeitigen Aufenthalt bereits einmal das Kloster Montserrat besucht hatte. Dieses lag in den Bergen, etwa vierzig Kilometer in nordwestlicher Richtung von Barcelona entfernt. Da es mir dort sehr gut gefallen hatte, schlug sie vor, dass wir dorthin fahren könnten. Sie selbst sei schon länger nicht mehr dort gewesen, würde das Kloster und die Umgebung aber ebenfalls sehr mögen.

< 9 >

Da ich am Donnerstag Silvia nicht zu Gesicht bekommen würde und inzwischen auch alleine in der Wohnung zurückgeblieben war, ließ ich mich während meiner obligatorischen Laufrunden für den Moment von der Musik aus den kleinen In-Ear-Kopfhörern meines MP3-Players verzaubern. Maria João. Auf einem Album, das ich kurz zuvor entdeckt hatte, sang sie Songs von U2, Sting, Björk und Paul McCartney. Aus meiner Sicht ein wahrer Genuss, auch wenn es als Begleitmusik zum Laufen vielleicht ein wenig ungewöhnlich war.

Nachdem ich mich unter Beschallung durch Maria João ausreichend bemüht hatte und schließlich auch ein wenig freier in meinen Gedanken fühlte, brach ich das Laufen ab und begab mich zurück zur Wohnung. Nach einer langen und heißen Dusche, einem kleinen Frühstück und einer Unmenge Kaffee nahm ich die Arbeit an meinem Projekt auf. Es ging erstaunlich gut voran, obwohl meine Gedanken immer wieder auch zu Silvia und Philippe schweiften. Ich arbeitete konzentriert bis zum späten Vormittag und erzielte Fortschritte, die ich am Abend mit Jonas online durchgehen würde.

Mittags machte ich mich auf zum Nordbahnhof, der ganz nah an Jonas' Wohnung gelegen war. Ich erinnerte mich positiv an einen gegenüber dem Bahnhof liegenden Imbiss mit freundlichen Betreibern. Hier wollte ich eine Kleinigkeit zu mir nehmen, wobei ich lediglich eine Portion Papas Bravas bestellte, die hier mit einer wirklich ansprechenden Soße serviert wurden. Dazu wählte ich einen Softdrink und nahm im Bereich der Außenbestuhlung Platz.

Nach dem Mittagessen arbeitete ich ein paar weitere Stunden. Anschließend machte ich mich frisch, um noch ein wenig durch die Stadt zu laufen.

Da es noch nicht allzu spät war, beschloss ich, der Sagrada Familia einen Besuch abzustatten. Hierzu musste ich lediglich der Carrer Napols, in der ich wohnte, der dem Meer abgewandten Richtung bis hin zur Carrer de Mallorca folgen.

Wie bereits die Tage zuvor zeigte sich das Wetter von seiner besten Seite. Ich wollte kaum glauben, dass das Jahr schon so weit vorangeschritten war. Zu Hause war es sicherlich kalt und regnerisch. Ich nahm mir vor, mich bei Marcus danach zu erkundigen.

Bei der Carrer de Mallorca angekommen, bog ich nach rechts und ging die Straße zwei Blocks entlang, bis ich direkt vor dem eigenwilligen Monumentalbau stand.

Damals, bei meinem ersten Besuch, war ich nicht hineingegangen, da ich mich vor den langen Warteschlangen fürchtete. Auch dieses Mal war ich mir kaum noch sicher, ob ich wirklich die Geduld aufbringen würde, mich in die endlos scheinenden Schlangen erwartungshungriger Besucher einzureihen.

Erneut glaubte ich, an keinem Flecken dieser Erde so viele Reisebusse an einem Ort antreffen zu können. Am ehesten vielleicht noch in Paris, am Eiffelturm. Mit der Vorstellung, dass die zahlreichen Touristen vermutlich gerade von einer anderen Attraktion hierhin gebracht worden waren und in Kürze wohl zur nächsten verfrachtet würden, erinnerte ich mich sehr gerne daran, dass ich es doch lieber etwas individueller mochte. Glücklicherweise hatte ich in Marcus einen unvergleichlichen, meine Interessen teilenden Reisepartner gefunden.

Ich umrundete die Basilika einmal gänzlich und

stellte hierbei fest, dass sie einen erheblich fertigeren Eindruck erweckte als noch vor ein paar Jahren. Ich machte auch ein paar Fotos, die ich später Marcus schicken würde, um zu zeigen, dass man mit der Fertigstellung voranschritt. Dann ging ich ein Stück den Weg zurück, den ich gekommen war. Bei der Carrer d'Aragó folgte ich dieser bis zum Passeig de Gracia. An der Kreuzung angekommen, konnte ich schon den Häuserblock sehen, der von der Casa Batlló, der Casa Amatller und der Casa Lleo Morera geprägt wurde. Da ich bereits auf den Besuch des Inneren der Sagrada Familia verzichtet hatte und bei der Casa Batlló gerade nicht allzu viel los war, besichtigte ich wenigstens hier noch die inneren Räume.

Von hier aus war es relativ nah zur Placa de Catalunya, von wo aus ich schließlich nach Hause wollte. Auf dem Weg zum sicherlich zentralsten Punkt der Stadt kam ich nicht umhin, einen Blick in die Schaufenster der exklusiven Geschäfte am Passeig de Cracia zu werfen. Zugleich beobachtete ich die zahlreichen Passanten, von denen vermutlich sehr viele Touristen waren. Die Mehrzahl der Menschen, die ich wahrnehmen konnte, erweckte einen zufriedenen Eindruck. Die Stimmlage der meisten Gesprächsfetzen, die ich aufnahm, klang ungezwungen bis fröhlich. Häufig wurde gelacht. Man schien sich hier auch willig dem Konsum hinzugeben – von internationaler Krise keine Spur.

Die Herbstsonne beschien die hervorragend restaurierten Gebäude und ließ das Glas der Schaufenster regelrecht funkeln. Auch wenn ich zu diesem Zeitpunkt eigentlich nur noch auf dem Weg nach Hause gewesen war, ließ ich mich von der Atmosphäre der anderen bereitwillig anstecken. Allein die Tatsache, hier zu sein, stimmte mich für den Moment äußerst glücklich.

Ich überlegte, noch einmal in dem Restaurant zu essen, in dem ich schon am Abend meiner Ankunft mit Jonas und Mireia gegessen hatte. Da es eigentlich noch zu früh war, um zu Abend zu essen, freute ich mich umso mehr, dass das Lokal bereits geöffnet hatte. Einer der Kellner erkannte mich sofort und ich wurde prompt und freundlich bedient. Ich bestellte lediglich ein Lammgericht mit ein paar Kartoffeln und etwas Gemüse. Auf Wein verzichtete ich bewusst, da ich im Anschluss noch mein Projekt mit Jonas durchgehen wollte.

< 10 >

Ich stand bereits an der Straße, als Silvia mich mit
einem Wagen der oberen Mittelklasse in elegantem
Dunkelblau abholte. Wir hatten uns vor dem Gebäude
meines vorübergehenden Zuhauses verabredet, da es
schwierig werden könnte, einen Parkplatz in direkter
Nähe zu finden. Sie selbst war heute mit einer Jeans-
hose und einer hellen Bluse, wieder aus seidigem
Material, gekleidet. Da es ein sehr warmer und sonni-
ger Tag war, würden wir auch in den Bergen keine
Jacke benötigen. Als ich auf dem ledernen Beifahrersitz bequem Platz genommen hatte, bemerkte ich ihre
sportlichen Schuhe, sodass wohl auch unserer geplan-
ten kleinen Wanderung nichts im Wege stehen dürfte.
Ich war ähnlich sportlich gekleidet. Ich trug ein blaues
Polohemd, das beinahe den Farbton ihres Wagens traf.

Unsere Begrüßung erfolgte erneut per Händedruck.
Der Verkehr ließ auch nicht viel mehr zu. Schon bald
bewegten wir uns zügig durch die Stadt, hin zu einer
Autobahn, die bis wenige Kilometer vor unser Ziel
führte.

Auch wenn sie sicherlich eine gute Fahrerin war,
war ich nur ungern Beifahrer. Ich hoffte, dass ich mich
nicht allzu sehr anstellte und mein Unbehagen kaum
auffiel. Mit Marcus kam es häufiger zum Streit über
mein Verhalten, wenn ich nicht selbst fuhr. Ich gelobte
hierbei stets Besserung und konnte mich inzwischen
auch wirklich besser beherrschen.

Die Fahrt dauerte insgesamt etwa eine Stunde, während der wir uns ohne Pause unterhielten. Silvia
erzählte mir hierbei von ihrer Arbeit als Innenarchitektin. Sie erwähnte auch noch einmal, dass sie in der Vergangenheit viele Projekte gemeinsam mit ihrem Mann

verwirklicht hatte. Glücklicherweise habe Philippe einen Partner gehabt, der das Architekturbüro ihres Mannes heute zusammen mit ihr führte. Sie könne jedoch lediglich einen geringeren Anteil ihrer Zeit der anfallenden Arbeit beisteuern, da sie bereits mit dem eigenen Beruf ziemlich viel zu tun habe. Sie sei froh, dass die Kinder inzwischen weniger Aufmerksamkeit benötigten. Ihre Tochter würde vermutlich zum kommenden Semester bereits mit dem Studium beginnen. Dazu käme Unterstützung von einer Haushälterin, auf die sie sich blind verlassen könne. Sie lobte diese in höchsten Tönen und meinte, dass sie die Kinder vermutlich genauso kennen würde wie sie selbst.

Silvia sagte mir auch, dass ihr das Arbeiten guttat und sie von der Tatsache ablenkte, dass Philippe nicht mehr da war.

Schließlich, ich bemerkte inzwischen, dass sie mir etwas Bestimmtes mitzuteilen versuchte, sprach sie an, worauf sie wohl schon länger hinauswollte. Sie sagte mir, dass sie mit ihren Kindern über mich gesprochen hatte und diese mich unbedingt kennenlernen wollten. Ich wusste zwar von den Kindern, war aber selbst bisher noch nicht auf den Gedanken gekommen, dass diese vielleicht auch den Wunsch hegen könnten, mich einmal anzusehen. Natürlich übte die Vorstellung auch auf mich einen nicht unbeachtlichen Reiz aus. Es war schließlich durchaus zu erwarten, dass auch zu ihnen eine gewisse Ähnlichkeit bestehen würde. Schließlich war ich ein Spiegelbild ihres Vaters.

Als wir am Fuße der Berge ankamen, in denen das Kloster lag, fanden wir schnell einen Parkplatz. Es schien nicht allzu viel los zu sein. Glücklicherweise war es lediglich Freitag und kein Wochenendtag. Als ich damals mit Marcus hier gewesen war, lag unser

Besuch in der Ferienzeit und es war erheblich voller.

Aus der Ebene, das sonderbare Gebirge erhob sich aus dieser wie aus dem Nichts, führt eine hochmoderne Zahnradbahn bis direkt an die Klosteranlage heran. Die verschiedenen Gebäude lagen auf etwa siebenhundert Meter Höhe und waren umgeben von den bizarren Formen eines Sandsteingebirges.

Da wir beschlossen hatten, erst einmal eine Wanderung vorzunehmen, statteten wir zunächst nur der Cafeteria einen kurzen Besuch ab. Wir tranken dort lediglich einen Kaffee, ohne dazu etwas zu essen. Dann wählten wir einen mittellangen Rundweg, der uns etwa zwei bis drei Stunden durch die besondere Felsenlandschaft führen würde. Wir waren im Naturpark zwar nicht alleine unterwegs, jedoch war es kein Vergleich zu den Besuchern im unmittelbaren Bereich des Klosters.

Es verging eine Weile, in der wir Anmerkungen mit Bezug auf die Landschaft, einzelnen Pflanzen oder zu etwaigen Begegnungen mit verschiedenen Tieren austauschten. Besondere Aufmerksamkeit widmeten wir einem mit gewaltigem Gebrumm an uns vorbeifliegenden Käfer. Mit seinen gespreizten Flügeln war er als solcher zunächst gar nicht auszumachen. Wir meinten, dass er uns wie ein außerirdisches Fremdwesen vorkam.

Ich verspürte erneut, dass Silvia mir etwas sagen wollte, aber sich offensichtlich nicht richtig traute. Entsprechend versuchte ich, ihr die Angst zu nehmen und sie zum Reden zu ermuntern. Dem vertrauten Gesicht ihres Mannes, aus dem ich sie anlächelte, konnte sie einfach nicht widerstehen. Mit einem tiefen Seufzen begann sie schließlich zu erzählen.

»Weißt du, David, Philippe war nicht nur mein Ehemann und der Vater meiner Kinder. Er war auch mein bester Freund. Genau genommen war er der einzige Freund, bei dem dieser Begriff mehr besagt als der eines Bekannten oder auch eines sehr guten Bekannten. Ich kannte Philippe so lange wie keinen anderen Menschen, mit Ausnahme meiner Eltern. Wir sind gemeinsam groß geworden, beinahe wie Geschwister. Von Kindesalter an waren wir immer zusammen. Ich denke, dass Leute, die mich nicht kannten, mich oftmals für einen Jungen hielten, da ich ständig mit ihm herumtobte. Sicherlich hatte es Philippe hierdurch auch häufig schwer bei seinen Freunden. Diese haben mich nie wirklich akzeptieren können, weil ich nun einmal ein Mädchen war. Sie konnten auch nie so richtig verstehen, warum Philippe stets auch mich um sich haben wollte.«

Silvia unterbrach sich kurz, offensichtlich in Gedanken an ihre gemeinsame Vergangenheit. Mit einem Taschentuch wischte sie sich einige kleinere Tränen aus den Augenwinkeln. Ich spürte, wie sie Kraft sammelte, um weiter fortfahren zu können.

»Unser ganzes Leben haben wir miteinander, oder zumindest vom anderen wissend, was er tat oder wie es ihm ging, verbracht. Wir fühlten uns im Haus des anderen stets ebenso zu Hause wie im eigenen. Unsere Familien wurden beinahe zu einer.«

Nach einer weiteren kurzen Unterbrechung setzte Silvia erneut an. Mir fiel auf, wie sich ihre Stimme veränderte und einen dunklen, sehr ernsten Tonfall annahm. Hierbei verfinsterte sich ihr Gesicht zusehends.

»Ich habe Philippe zu jeder Zeit mehr geliebt als mich selbst. Ich würde sofort, ohne auch nur eine Sekunde zu überlegen, das Schicksal mit ihm tauschen.

Ich hielt ihn in meinen Armen, als er starb, und konnte doch gar nichts für ihn tun. Ich werde nie vergessen, wie er mich mit letzter Kraft ansah. Er sah mich an, als wollte er mich davon überzeugen, dass es richtig war, dass es ihn getroffen hatte und nicht mich. Er lächelte mich an und mit einem *Ich liebe dich* in den Augen schloss er diese für immer.«

Nun selbst den Tränen ganz nah nahm ich Silvia fest in meine Arme, was sie dankbar akzeptierte. Sie presste sich mit der ihr verbliebenen Kraft an mich. Ein tiefbitteres Weinen konnte sie jetzt nicht mehr unterdrücken.

Nachdem so eine Weile vergangen war, löste sich Silvia von mir und lächelte mich tapfer an. Sie schien auch ein wenig erleichtert. Offensichtlich tat es ihr gut, sich mir derart anzuvertrauen. Immer noch einzelne Tränen hervorbringend, bat sie mich, unsere Wanderung fortzusetzen. Nach kurzer Pause erzählte sie mir schließlich, wie Philippe umgekommen war.

In Erinnerungen versunken, berichtete Silvia mir von ihrem damaligen Aufenthalt in Paris. Sie waren dort gewesen, auch um Philippes Eltern wieder einmal zu besuchen. Diese waren einige Jahre zuvor nach Paris zurückgekehrt. In einer Nacht, nachdem sie sich von einem Besuch bei Freunden auf den Weg nach Hause begaben, passierte es schließlich. Es war Sommer und die Temperaturen luden zu einem Spaziergang durch das nächtliche Paris ein. Also machten die beiden sich zu Fuß auf, als sie auch schon bald von einigen Jugendlichen aufgehalten wurden. Die Gruppe bestand vermutlich aus fünf bis sechs jungen Männern. Zunächst waren sie ihnen lediglich gefolgt. Schnell aber begannen sie, Silvia und Philippe zu beschimpfen.

Die beiden wurden von den Verfolgern eingeholt und schließlich umringt. Einer der jungen Männer, vermutlich der Anführer, hielt plötzlich eine Pistole in der Hand und richtete diese auf Philippe. Silvia und Philippe sollten alles herausgeben, was von Wert war. Dabei drängten sich die Angreifer immer näher an sie heran. Ein Junge aus der Gruppe näherte sich Silvia und schrie sie lauthals an. Er trieb sie zur Eile. Philippe versuchte, sich vor Silvia zu stellen, was den Anführer, den mit der Pistole, nervös machte. Er befahl, dass sie sich nicht zu bewegen hätten und endlich das Geld rausrücken sollten. Dabei setzte er sich ebenfalls in Bewegung, direkt auf Silvia zu. Als Philippe daraufhin versuchte, sich nun zwischen den neuen Angreifer und Silvia zu stellen, kam er diesem zu nahe. Selbst in Panik geraten, schoss der vielleicht gerade einmal Neunzehnjährige ohne jegliche Vorankündigung. Er traf Philippe mitten in die Brust, der infolgedessen direkt zu Boden ging. Wohl erschrocken über die eigene Tat flüchtete der Junge laut vor sich hin fluchend, und seine Gefährten taten es ihm nach.

Silvia versuchte, Philippe zu helfen, drückte ihre Hände auf die Wunde und schrie um Hilfe. Doch jede Hilfe kam zu spät. Philippe war derart schwer verletzt, dass er nur noch wenige Augenblicke lebte.

Wir setzten unseren Weg fort. Irgendwie schafften wir es dann tatsächlich noch, das Thema zu wechseln. Wir sprachen erneut von meinem angedachten Besuch bei ihr zu Hause und dem hierbei bevorstehenden Kennenlernen ihrer Kinder. Mir von diesen erzählend, erhellte sich Silvias Stimmung deutlich wahrnehmbar. Bald schon wirkte sie wieder erstaunlich gefasst. Mir schwebten immer noch die Gedanken um die schrecklichen Umstände des Todes von Philippe durch den Kopf – und es betrübte mich. Silvia hingegen schien regelrecht erleichtert. Ich spürte erneut, dass es ihr guttat, dass ich ihr zuhörte.

Gegen Ende unserer Wanderung lag das gewaltige, teils in die Felsen geschlagene Benediktinerkloster wieder vor uns. Der Wanderweg war so angelegt, dass man in diesem letzten Abschnitt geradewegs auf die Anlage zulief und diese dabei stets im Blick behielt.

Die beeindruckende Basilika hat für die Katalanen eine besondere Bedeutung. Im Inneren befand sich die Statue einer Schwarzen Madonna, der Schutzpatronin ihres Landes. Silvia erzählte mir, dass in der Kirche jeden Mittag Chorknaben einer angegliederten Internatsschule zu Ehren der Gottesmutter sangen. Es sei wirklich feierlich und sehr bewegend. Die Bedeutung, die das Kloster für richtige Katalanen habe, könne sie aber nicht nachempfinden.

Mir persönlich gefiel an Montserrat am besten die außergewöhnliche Lage in dieser atemberaubenden Landschaft.

Zum Mittagessen, die Chorknaben hatten wir leider schon verpasst, wählten wurde das Selbstbedienungsrestaurant, wo Silvia mir empfahl, ein Bocadillo mit Butifarra zu nehmen. Diese wird hier wie eine Bratwurst zubereitet. Ich sagte ihr, dass ich die Spezialität bereits kannte, und entschied mich stattdessen für den Iberischen Schinken. Bei unserem damaligen Aufenthalt in Barcelona hatten Marcus und ich verschiedene Varianten der katalanischen Wurstspezialität probiert. Wir waren hierbei zu dem übereinstimmenden Ergebnis gekommen, dass wir nicht nachvollziehen konnten, warum die Butifarra so beliebt war. Dabei schien es uns auch völlig gleich, um welche Variante es sich handelte. Silvia selbst wählte ohnehin nur einen Salat, was ich als Gelegenheit nutzte, sie hinsichtlich der Wurst, die sie mir zuvor wärmstens empfohlen hatte, zu necken. Ich glaubte jedoch, sie verstand nicht wirklich, worauf ich hinauswollte, sodass mein Scherz ins Leere ging.

Nach dem recht verspäteten Mittagessen besuchten wir noch das Innere der Kirche, wo wir Kerzen anzündeten. In einem der Klosterläden kaufte Silvia Honig und etwas typisches Gebäck. Ich gab mich mit Kräutern aus der Umgebung zufrieden.

Wir überlegten, ob wir für die Abfahrt die Seilbahn nehmen sollten, die ebenfalls hinab ins Tal führte. Als wir uns von dieser und ihren scheinbar frei schwingenden Kabinen ein Bild gemacht hatten, entschieden wir uns jedoch erneut für die Zahnradbahn.

Am Parkplatz angekommen, stiegen wir in Silvias Wagen und fuhren zurück nach Barcelona. Während der Fahrt erinnerte mich Silvia noch einmal daran, dass wir am Sonntag bei ihr verabredet waren.

< 11 >

Wir sind wieder am Strand. Jedoch sind Philippe und ich jetzt etwas älter – schätzungsweise sechzehn. Erneut sitzen wir uns im Korallensand vis-à-vis, ein weiteres Mal lediglich mit Bermudahosen bekleidet. Die Farbe unserer grünen Hosen hebt sich derart von der des Strandbodens ab, dass ich es gegenüber Philippe bemerken möchte. Ich tu es jedoch nicht, sondern mustere ihn nur neugierig von Kopf bis Fuß, während er mich wieder nur anlächelt.

Wie beim letzten Mal beginnt er, mit seinen Händen im Sand zwischen uns zu zeichnen. Er sagt, ohne mich dabei direkt anzusehen: »Da bist du ja endlich wieder. Wir waren doch noch gar nicht fertig.«

Dann deutet Philippe auf das soeben fertiggestellte Dreieck und schaut mich lächelnd an.

»Jetzt kommen wir zu den winkligen Dreiecken. Dieses hier ist ein rechtwinkliges Dreieck. Es besitzt einen rechten Winkel, während die Summe der Maße der beiden anderen Winkel ebenfalls neunzig Grad beträgt.«

Er verwischt die Zeichnung, als wir eine Bewegung von der Landseite aus wahrnehmen. Zu meinem Erstaunen erkenne ich meinen Jugendfreund Joshua, der direkt auf uns zukommt. Ohne jeden Zweifel in seiner Stimme spricht er mich unmittelbar an: »Hallo David, was machst du hier?«

Ich erwidere die Frage mit gleichlautender Gegenfrage, worauf er mich nur verwundert ansieht. Er deutet dann auf Philippe und fragt: »Wer ist das? Was will er von dir?«

Hier schaltet sich Philippe ein, wobei ich eine Spur von Verärgerung in seiner Stimme vernehme. Er deutet auf ein Stück des Strandbodens neben uns und spricht Joshua direkt an: »Ich bin Philippe, ich zeige David die sieben Arten von Dreiecken. Wenn du willst, kannst du dich dazusetzen.«

Während Joshua Platz nimmt, schaue ich ihn mir genau an, noch immer verwundert über die Entwicklung des Ganzen und sein Erscheinen. Er ist etwa so alt wie wir, im Gegensatz zu uns aber mit langer, heller Jeans und einem weit aufgeknöpften weißen Hemd bekleidet. Er ist ebenfalls barfuß.

»Josh«, frage ich erneut, »was machst du hier, wie hast du uns gefunden?«

Er lächelt mich ebenso selbstverständlich an, wie es Philippe tut, und meint: »David, ich kann dich doch nicht alleine lassen mit dem da.«

Er schaut Philippe mit leicht abschätzigem Blick an, der von diesem gleichermaßen erwidert wird. Die neue Zeichnung ist inzwischen fertig.

»Nun, das ist ein spitzwinkliges Dreieck. Bei diesem sind alle Winkel kleiner als neunzig Grad.«

Daneben malt Philippe ein weiteres Dreieck in den Sand, zu dem er erklärt, dass es sich um ein stumpfwinkliges Dreieck handelt. Dieses Dreieck, so sagt er, kennzeichnet sich dadurch, dass einer seiner Winkel größer als neunzig Grad ist. Schließlich schaut er mir direkt in die Augen und lächelt mich sanftmütig an.

»Danke, dass du dich um Silvia kümmerst.«

< 12 >

Am Tag nach dem Ausflug in die Berge wollte ich mit
Jonas arbeiten, der im Laufe des Vormittags aus Zaragoza zurückkommen würde.

Nach ein paar Runden im Park, einem kleinen
Frühstück und einem Abstecher ins Bad begab ich
mich zum Arbeiten ins Wohnzimmer und überlegte, ob
ich zunächst eine Nachricht an Marcus senden sollte.
Ich wollte ihm von meinem Ausflug nach Montserrat
und auch allgemein etwas mehr zu dem bisher Erlebten
berichten. Diese Überlegung stellte ich jedoch
zunächst hintan, da es mich vielleicht ablenken würde.
Stattdessen begab ich mich direkt an die Arbeit.

Kurz vor Mittag traf Jonas ein. Wir besprachen erst
einmal kurz die Fortschritte im Projekt und besuchten
dann den Imbiss am Nordbahnhof, den mit der tollen
Soße zu den Patatas Bravas.

Nach einigen Stunden gemeinsamen Arbeitens
überlegten wir, was wir am Abend unternehmen sollten.

Bevor wir uns jedoch aufmachten, nahm ich meinen Entschluss vom Vormittag wieder auf und ver-
fasste eine recht ausführliche Nachricht an Marcus. Ich
erzählte ihm hierin von dem Ausflug zum Kloster.
Auch die kleine Geschichte rund um die Butifarra ließ
ich nicht aus. Sicherlich würde er hierüber schmunzeln. Endlich berichtete ich Marcus auch davon, dass
ich Silvia sehr an ihren verstorbenen Mann erinnerte.
Ich schrieb ihm, dass Silvia gerne mit mir zusammen
war und sich mir gegenüber besser öffnen könnte, als
gegenüber den meisten ihrer Bekannten und Freunde.
Sie fühle sich oftmals bedrückt, wenn sie mit Menschen zusammen war, die sie beide als Paar gekannt

hatten. Die verblüffende Ähnlichkeit zwischen Philippe und mir erwähnte ich jedoch nicht. Ich befürchtete, dass er sich hierüber Sorgen machen würde. Mit Recht müsste er denken, dass kaum abzuschätzen sei, wie Silvia und ihre Familie die Situation tatsächlich empfanden und schließlich darauf reagierten. Da er sich, im Gegensatz zu mir, kein persönliches Bild von Silvia machen konnte, ließ ich diese Tatsache zunächst einfach weg.

Ich erwähnte aber noch, dass ich in der Zusammenarbeit mit Jonas gut vorankäme und meine Auftragsarbeit inzwischen Gestalt annahm. Er müsse sich keine Sorgen dahin gehend machen, dass ich mein Projekt aus den Augen verlöre.

Als ich die Nachricht abgesendet hatte, stellte ich zu meiner Überraschung fest, dass ich eine E-Mail von Silvia erhalten hatte. Bisher hatte sie noch nicht mit mir auf diesem Wege korrespondiert. Sie fragte mich hierin, ob ich bereit wäre, sie am Dienstag zu ihrem Therapeuten zu begleiten. Silvia hatte mir beiläufig davon erzählt, dass sie seit dem Tod von Philippe regelmäßig einen solchen aufsuchte. Sie sagte mir aber auch, dass sie die Sitzungen vor allem deshalb vereinbaren würde, weil ihre Kinder und ihre Eltern sie hierzu drängen würden. Bei dem Therapeuten handele es sich um einen ehemaligen Kunden von Philippe, den sie ebenfalls, wenn auch nur flüchtig, zuvor bereits kennengelernt habe.

Jetzt schrieb sie, dass sie am Dienstag, dem Tag, an dem wir uns kennengelernt hatten, den Besuch bei ihrem Therapeuten nicht wahrgenommen habe. Sie habe nach unserer ersten Begegnung schlichtweg nicht mehr an ihn gedacht. Um sich zu entschuldigen und ihm zu erklären, warum sie die Sitzung versäumt hatte, habe sie ihn zwischenzeitlich angerufen. Hierbei habe sie ihm auch ausführlich über mich berichtet. Herr Ortega, so hieß der Therapeut, sei zwar beunruhigt gewesen, da kaum abzusehen sei, wie die Begegnung mit mir sich auf ihren persönlichen Zustand auswirken würde. Zugleich sehe er hierin aber auch eine Chance auf eine bessere, respektive schnellere Verarbeitung des Ganzen. Nicht zuletzt sei er auch sehr neugierig, ob ich Philippe denn tatsächlich so sehr ähnele.

Sie fügte noch hinzu, sie vermute, dass ihr Therapeut sicherlich der Meinung sei, dass sie immens übertreiben würde. Vielleicht denke er sogar, dass sich Silvia hierbei erheblich mehr einbilde, als tatsächlich sei. Abschließend fasste sie kurzum zusammen, dass sich sowohl Herr Ortega wie auch sie selbst darüber freuen würden, wenn ich bereit wäre, an ihrer nächsten Sitzung teilzunehmen.

Nachdem ich das Ganze kurz überdacht hatte, schrieb ich zurück und stimmte zu. Einerseits beabsichtigte ich, sie zu unterstützen. Andererseits dachte ich mir, dass ich mir auch nicht die Gelegenheit entgehen lassen wollte, einem echten Seelenklempner einmal persönlich zu begegnen.

< 13 >

Vom Arc de Triomf aus fuhren Jonas und ich mit der
Linie 1 bis zur Placa de Espanya. Von hier aus
gelangte man direkt zum Gelände des Montjuic, dem
Areal der zweiten Weltausstellung in Barcelona.

Wir nahmen einen kurzen Besuch des Pavillons von
Mies van der Rohe vor, der seinerzeit der deutsche
Pavillon der Weltausstellung gewesen war. Meiner
Meinung nach wirkte das Gebäude im Bauhaus-Stil
noch immer äußerst modern. Jonas erzählte mir bei
unserem Rundgang durch das Innere, dass der heutige
Bau tatsächlich nur eine Rekonstruktion war. Der
ursprüngliche Pavillon war bereits kurz nach der Weltausstellung wieder entfernt worden.

Jonas wollte auch noch in das Museum, das den
Olympischen Spielen gewidmet war. Dieses lag ganz
in der Nähe des Olympiastadions. Ich wäre eigentlich
lieber noch bis hinauf zum Kastell gelaufen. Da aber
bereits der Besuch des deutschen Pavillons eher auf
mein Konto ging, stimmte ich seinem Vorschlag zu.

Der Museumsbesuch langweilte mich weniger, als
ich befürchtet hatte. Später wollten wir noch dem all-
abendlichen Spektakel der Wasserspiele des Font
Màgica beiwohnen. Jonas erzählte mir mit der Begeis-
terung eines kleinen Jungen, dass die Springbrunnen-
anlage über Tausende Düsen verfügte. Durch sie würden während der Vorführung gewaltige Mengen Wasser gepresst. Ich glaube, er sprach von etwa zweitau-
send Litern je Sekunde. Das Ganze sei stets großartig
illuminiert und mit aufregender Musik untermalt. Da
ich bei meinem letzten Aufenthalt nicht zu einem entsprechenden Besuch derselben gekommen war, entschied ich mich gerne, die Gelegenheit zu nutzen,

zumal ich Jonas hiermit offensichtlich einen Gefallen tun würde.

Während der Vorstellung, die etwa fünfzehn Minuten dauerte und mir auch wirklich gut gefiel, glitten meine Gedanken immer wieder zu meinem Traum aus der vergangenen Nacht. Es wunderte mich nicht wirklich, dass ich von Philippe träumte. Warum aber nur erschien mir auch noch Joshua im Traum?

Joshua, den ich stets nur Josh nannte, war der Freund aus meiner Jugendzeit. Er war etwa anderthalb Jahre jünger als ich, was uns im Laufe unserer gemeinsamen Zeit jedoch nicht weiter störte. Ich lernte Joshua kennen, als ich im Alter von vierzehn Jahren nach Südostasien gezogen war. Dort war er, Sohn eines amerikanischen Soldaten im vorgezogenen Ruhestand, anfangs lediglich mein unmittelbarer Nachbar gewesen. Da er jedoch der einzige nicht einheimische Junge in der näheren Umgebung gewesen war und sich demnach in einer ähnlichen Situation wie ich befand, geschah es zwangsläufig, dass wir einander besser kennenlernten. Bald darauf lernten wir uns aber auch sehr schätzen und wurden wahrlich die besten Freunde. Als ich Jahre später nach Deutschland zurückkehrte, ebbte unser Kontakt leider ab und erlosch schließlich völlig. Entsprechend war ich äußerst verwundert darüber, ausgerechnet ihm im Traum zu begegnen, von dem ich schon mehr als zwei Jahrzehnte lang nichts mehr vernommen hatte.

Nach den Wasserspielen wollten Jonas und ich zunächst unseren Hunger stillen. Später, so beabsichtigten wir es, würden wir dann noch etwas trinken gehen. Da es schon spät war und wir keinen Tisch reserviert hatten, entschieden wir uns für das kanarische Restaurant an der Placa Real. Ich hoffte, dass wir

dort noch einen Platz finden würden, was dann glückli-
cherweise auch so war. Jonas schien von meinem
Geheimtipp sehr angetan und meinte, dass er sich das
Lokal unbedingt merken wollte, um es einmal mit
Mireia zu besuchen.

Nachdem wir gegessen hatten, überließ ich Jonas
die Führung. Er schien sich inzwischen richtig gut aus-
zukennen. Hier und dort trafen wir auch auf Leute, die
er kannte. Am meisten überraschte mich, dass er so
locker im Spanischen kommunizieren konnte. Wir verbrachten einen wunderbaren Abend. Ich fühlte mich
dabei sehr an die Zeit erinnert, als wir uns kennenlernten und uns in Deutschland die ein oder andere Nacht
um die Ohren schlugen.

< 14 >

Die Gegend, in der sich das Haus der Roannes befand, lag zwischen den Stadtteilen Gracia und Vallcara. Genauer betrachtet war sie von den beiden aus gesehen leicht östlich gelegen. Mit Gracia und Vallcara verband das Gebiet jedoch nur wenig. Die Umgebung wirkte beinahe ländlich und man glaubte kaum, dass man sich noch in der Stadt befand. Ganz in der Nähe des Parc Güell schlängelte sich hier eine Sackgasse einen Hügel hinauf, an der sich zu beiden Seiten meist ältere, teils auch sehr prachtvolle Häuser entlangreihten.

Silvia bat mich, die U-Bahn bis zur Haltestelle Vallcara zu nehmen. Ich sollte zuvor anrufen, damit sie da wäre, um mich abzuholen.

Es war später Vormittag und sie war mit ihrem Wagen pünktlich zur Stelle. Wir fuhren nur wenige Minuten, bis wir zur besagten Sackgasse gelangten. Sie fuhr die schmale Straße hinauf, bis wir bei einer Villa mit dem Charakter einer großzügigen Finca ankamen. Das Hauptgebäude lag von der Straße aus gesehen etwas höher im Hang. Silvia parkte den Wagen auf einem der beiden freien Plätze einer großen Doppelgarage, die sie zuvor nicht geschlossen hatte und nun ebenfalls offen ließ. Die Rückseite der Garage wies keine Tür auf, sodass wir durch das schmiedeeiserne Tor, das sich daneben befand, einen Treppenaufgang nahmen. Hinter diesem Eingang führte ein aufwendig gepflasterter, von Treppen unterbrochener Weg zu dem zwei- bis dreistöckigen Haus. Stufen und Weg bestanden aus terrakottafarbenem Naturstein, was dem großzügigen Charakter des Anwesens schmeichelte. Auf der linken Seite des Gebäudes verfügte dieses über ein zusätzliches Stockwerk, welches beinahe wie ein Turm anmutete. Das strahlende Weiß der Mauern und die roten Dachziegeln bestärkten die Vorstellung, dass es sich um eine Finca handelte.

Das Wunderbarste am Domizil der Familie Roanne war aber die Fernsicht. Aufgrund der Hanglage hatte man von hier aus einen herrlichen Blick über die Stadt, bis hin zum Meer.

Silvia öffnete eine sehr alte Holztür, die ins Innere des Gebäudes führte. Zuvor konnte ich noch einen kurzen Blick auf zwei großzügige Terrassen erhaschen, von denen eine möbliert und mit einem großen Sonnenschirm ausgestattet war. Beide Terrassen verfügten über zahlreiche Pflanzen in meist blau lasierten Kübeln. Hier gediehen Agaven, Hibiskus und Oleander. Der Belag der Böden ähnelte dem des Weges hinauf zum Haus. Mir gefiel die im einheitlichen Stil gehaltene Gesamtgestaltung und ich dachte, dass Silvia mit gewissem Stolz zur Kenntnis nahm, dass mich beeindruckte, was sie hier alles zu zeigen hatte.

Im Garten an sich wuchsen neben diversen mediterranen Büschen auch ein paar kleinere Palmen sowie einige alte, knorrige Bäume, die ich nicht näher zuordnen konnte.

Zur Tür, die wir nun gemeinsam durchschritten, merkte Silvia an, dass diese viel älter sei als das Haus an sich. Sie stamme von einem einstmaligen Familiensitz und sei eines der Hochzeitsgeschenke ihrer Eltern gewesen.

Im Gebäude setzte sich der leicht rustikale Finca-Stil fort, wobei wir zunächst in einen großzügigen Eingangsbereich gelangten, von dem aus zwei weitere Türen und ein längerer Flur abgingen.

Silvia ließ mir den Vortritt und in dem Moment, als sie die Eingangstür hinter sich schloss, kam laut miauend ein offensichtlich durch Kastration groß und ziemlich fett gewordener rostroter Kater auf uns zugelaufen. Er streifte zunächst an Silvias Beinen entlang. Silvia beugte sich zu ihm hinab, um ihn am Kopf zu kraulen. Das genoss er offensichtlich so sehr, dass ich deutlich sein lautes Schnurren wahrnehmen konnte.

Als er mich dann doch noch wahrnahm, schien er zunächst vorsichtig, aber doch auch neugierig. Schließlich kam er auf mich zu und es war, als ob er sich auf einmal freute. Er fing auch bei mir deutlich an zu schnurren und ließ gar nicht mehr davon ab, sich an mich zu drücken. Silvia und ich blickten uns fragend an. Konnte es sein, dass der Kater mich tatsächlich für Philippe hielt? Ich streichelte ihn nun ebenfalls, woraufhin er sich noch mehr Mühe gab zu gefallen. Während Silvia und ich die Reaktion des Katers kaum fassen konnten, meinte sie: »Das ist Garfield.«

Ich schaute sie fragend, vielleicht auch etwas ungläubig an, worauf sie beinahe entschuldigend anmerkte, dass sie den Kater wegen der Kinder so genannt hätten.

Nach der Begrüßung durch Garfield hörte ich zügige Schritte über den Flur auf uns zukommen. Ich konnte schon bald eine kleinere, nicht mehr allzu junge Frau ausmachen, die behände auf uns zuschritt. Sie tat dies offensichtlich, um uns, respektive wohl eher mich, zu begrüßen.

Die Frau war schätzungsweise Ende fünfzig und um einiges kleiner als Silvia, was aber für eine Frau nicht unbedingt ungewöhnlich ist. Sie trug ihre fast schwarzen, hier und da grau durchwirkten Haare hochgesteckt, sodass ich über ihre tatsächliche Haarlänge nichts zu sagen vermochte.

Einerseits wirkte sie aufgeräumt sowie zugleich

angenehm wach und aufmerksam. Dies wurde sicherlich durch ihre in schlichtem Grau gehaltene, beinahe etwas strenge Kleidung unterstrichen. Diese bestand aus einem über die Knie reichenden Rock und einer festen Baumwollbluse. Dazu trug sie ebenfalls graue Nylonstrümpfe und einfache, aber elegante Lederschuhe ohne nennenswerten Absatz. Andererseits ließen ihr leicht rundliches Gesicht und die hierin leuchtenden, hellbraunen Augen eine große Herzlichkeit erahnen.

Silvia stellte mir die Frau als Gloria vor, die sich um den Haushalt und die Kinder kümmern würde. Letzteres bereits, seit diese auf der Welt seien. Gloria habe zuvor auch schon im Haus von Silvias Eltern gearbeitet, sodass sie sich persönlich gefühlt eine Ewigkeit lang kannten. Silvia war der Meinung, dass ohne Gloria hier wohl sicher alles drunter und drüber gehen würde und dass sie und die Kinder in ihr einen starken Halt gefunden hatten, als Philippe verstarb und in der Zeit danach.

Schließlich vergaß sie nicht, auch mich vorzustellen, woraufhin Gloria auf mich zutrat und mir freundlich die Hand entgegenstreckte.

»Guten Tag Herr Adolphy. Silvia hat mir schon so viel von Ihnen erzählt, dass ich es gar nicht abwarten konnte, Sie kennenzulernen.«

Ich erwiderte ihre Begrüßung ebenso freundlich, woraufhin sie einen Schritt zurücktrat und mich eingehend musterte. Ihr Blick wanderte hierbei von Kopf bis Fuß und wieder zurück, wo sie, mit ihren lebhaften Augen mein Gesicht studierend, hängen blieb.

»Mein Gott, ich habe es nicht für möglich gehalten. Diese Ähnlichkeit!«

Wir ließen Gloria zurück, als Silvia mir eine Führung durch das Haus anbot, bei der uns Garfield auf Schritt und Tritt folgte. Erneut bemerkte ich Silvias durchaus berechtigten Stolz, als sie mich herumführte. Im unteren Teil des Gebäudes befanden sich der Empfangsraum mit einer direkten Verbindung zu einem Bereich mit Büro und einer Art Vorzimmer zu diesem. Außerdem, vom Flur abgehend, die Küche und sowohl vom Flur wie vom Eingangsbereich aus erreichbar ein riesiges Esszimmer mit Panoramafenster und vorgelagerter Terrasse. Diese mit den Terrassenmöbeln und dem großen Sonnenschirm. Vom Flur aus gingen noch weitere Türen ab, zu denen Silvia anmerkte, dass sich dahinter Hauswirtschaftsraum und Gästetoilette befinden würden. Am Ende des Gangs befand sich eine große, aufwendig gearbeitete Wendeltreppe, die in die oberen Etagen führte.

Im Obergeschoss reihten sich ein Schlafzimmer und ein Gästezimmer auf der rechten Seite eines Korridors aneinander, jeweils mit eigenem Bad. Gegenüber, vermutlich im Bereich über dem Hauswirtschaftsraum und der Küche, hatte man Gloria eine kleine Wohnung eingerichtet. Davor liegend, also oberhalb des Esszimmers, befand sich das Wohnzimmer, ebenfalls über eine große Fensterfront verfügend.

Im darüber befindlichen Geschoss, welches von außen ein wenig wie ein Turm wirkte, lag das Reich der Kinder mit deren Zimmern und wohl einem weiteren Badezimmer. Diesen Bereich ließen wir bei unserem Rundgang jedoch aus und begaben uns schließlich ins Wohnzimmer.

Hier fiel mir sofort ein großes Familienfoto auf, welches natürlich auch wieder mein vermeintliches Abbild zeigte. Silvia und Philippe befanden sich auf dem Bild in der Mitte, wobei sie links von ihm stand, dicht an ihn herangedrängt, während er ihre Hüfte umfasste. Zur Rechten von Philippe konnte ich eine jüngere und auch etwas kleinere Version von Silvia ausmachen. Dieser hatte Philippe seinen rechten Arm über die Schulter gelegt. Er zog das Mädchen hierbei leicht an sich heran. Silvia wiederum, ihren Mann ebenfalls an der Hüfte umfassend, drückte an ihrer linken Seite einen Jungen an sich, der unverkennbar Philippes Sohn war und somit auch meine Gesichtszüge trug. Ich richtete meinen Blick wieder auf das Mädchen und erkannte auch hier sehr viel Ähnlichkeit zu mir und Philippe, wenngleich diese bei dem Jungen wesentlich stärker ausgeprägt war.

Silvia nahm sofort meine Faszination wahr und richtete ihre eigenen Blicke nun ebenfalls abwechselnd von dem Foto zu mir und zurück, als sie sagte: »Das Foto wurde vor etwa zwei Jahren aufgenommen. Unsere Tochter Aemilia war damals siebzehn, Cassius war fünfzehn.«

Sie sah mich jetzt lächelnd, wenn auch erneut ein wenig wehmütig an und meinte weiter: »Du wirst die beiden ja gleich kennenlernen. Ich habe die Kinder gebeten, uns erst einmal alleine zu lassen. Zum Mittagessen werden sie aber zurück sein.«

Ich schaute sie an und lächelte hierbei ebenfalls, musste mich jedoch erneut zu dem Familienbild umwenden und sagte verwundert zu ihr: »Es ist einfach unglaublich. Diese Ähnlichkeit auch zu den Kindern.«

Nicht ganz sicher, ob ein solcher Scherz angebracht war, fuhr ich fort: »Vielleicht solltest du mir ein paar Fotos von deinen Kindern mitgeben. Ich könnte dann behaupten, es seien meine und niemand hätte die berechtigte Möglichkeit, das zu bezweifeln.«

Glücklicherweise erkannte Silvia den Scherz als solchen. Lachend sagte sie, dass sich das bestimmt einrichten lasse. Sie meinte schließlich sogar, dass ich sie mir vielleicht auch einmal ausleihen könnte, wobei mir unmittelbar etliche Situationen einfielen, bei denen dies gewiss ein riesiger Spaß gewesen wäre.

Wir lachten immer noch beide, als Silvia mich erneut nach unten und hier durch den Arbeitsbereich, den sie sich früher mit Philippe geteilt hatte, auf eine hinter dem Haus gelegene Terrasse führte. Hier befand sich eine geschmackvolle Sitzgruppe aus dunkelbraunem Holz, vermutlich Teakholz. Die Sitzmöbel waren mit komfortabel wirkenden cremefarbenen Auflagen bestückt.

Silvia bat mich, Platz zu nehmen, setzte sich dann selbst mir schräg gegenüber. Obwohl zum Hang hin, vielleicht aber auch gerade deswegen, war dies ein sehr schöner Ort. Von einer Seite her schien Sonne auf die Terrasse, während hinter uns und zur anderen Seite das Haus lag. Vor uns stieg der Hang steil an, bewachsen mit zahlreichen, teils blühenden Sträuchern. Entgegen der offenen Lage und der überragenden Fernsicht, welche die beiden vorderen Terrassen auszeichneten, stellte diese einen eher nach innen gewandten Bereich dar, ähnlich einem Atrium. Silvia sagte, dass dies einer ihrer bevorzugten Orte des Hauses sei. Sie habe hier oft mit Philippe gesessen. Häufig zu gemeinsamen Pausen, wenn sie in dem Büro, durch welches wir eben hierher gelangt waren, gearbeitet hatten.

Garfield kam noch kurz mit uns hinaus, überlegte es sich dann wohl aber anders und begab sich, wie zum Abschied mit einem kleinen Miau, zurück ins Haus.

Gloria hatte vermutlich ebenfalls mitbekommen, wohin wir uns begeben hatten. Denn schon kam sie mit einem Tablett heran, gefüllt mit Gläsern, Eistee, Wasser, Saft und etwas Gebäck. Ich wählte den selbst gemachten Eistee. Silvia entschied sich für den Saft, gemischt mit etwas Wasser.

Wir unterhielten uns eine Weile, während der Silvia mich wieder einmal unentwegt musterte. Vermutlich musste es eine besondere emotionale Wirkung auf sie haben, mich hier in der vertrauten Umgebung ihres Zuhauses zu sehen. Hier, wo sie so viele Jahre gemeinsam mit Philippe gelebt hatte. Einer Umgebung, geprägt von unzähligen Erinnerungen. Ich spürte, dass sie nicht wirklich bei unserer Unterhaltung zugegen war, sondern in ihren eigenen Gedanken hing.

Als ich Stimmen und Schritte näher kommen hörte, wurde ich von einer leichten Nervosität gepackt. Ich würde nun den Kindern von Silvia und Philippe begegnen.

Aemilia und Cassius betraten alsbald die Terrasse und kamen auf uns zu, während Silvia und ich aufstanden, um die beiden zu begrüßen.

Da ich sie zuvor bereits auf dem Familienfoto im Wohnzimmer gesehen hatte, war ich über deren Ähnlichkeit zu mir nicht mehr allzu überrascht. Sie waren nun etwa zwei Jahre älter als auf dem Bild, was man sicherlich auch deutlich sah. Die hiermit einhergehende Verfestigung der Gesichtszüge machte unsere Ähnlichkeit vermutlich noch offensichtlicher.

Beinahe abrupt blieben Aemilia und Cassius stehen, wobei sich Cassius wie Schutz suchend hinter seine Schwester stellte und von dieser jetzt, aus meinem Sichtwinkel, halb verdeckt wurde. Auch Silvia und ich verharrten in unserer jeweiligen Position, was zu einer regelrecht spürbaren Spannung zwischen uns allen führte.

Um die Stille zu brechen und einen ersten Schritt in Richtung Konversation zu setzen, sagte ich: »Ich bin David, ich habe vorhin schon das Foto in eurem Wohnzimmer gesehen.«

Leider war es mir mit meiner kurzen Ansprache jedoch nicht gelungen, das Eis zu brechen. Es blieb weiterhin still und ruhig, was die unangenehme Situation nur verschärfte.

Die nächste Bewegung ging von Aemilia aus. Das Mädchen schaute mir direkt in die Augen und meinte nur, wobei sie regelrecht abschätzig klang: »Sie haben einen wirklich furchtbaren Akzent, Herr Adolphy.«

Ich war entsetzt über die Kühle in Aemilias Stimme, was man mir auch sicherlich ansah. Während Aemilia hierüber beinahe triumphierend lächelte, brachte Cassius lediglich ein verlegenes, geradezu albernes Kichern hervor, welches mich veranlasste, mich ihm zuzuwenden. Ich wollte gerade etwas sagen, als sich unsere Augen trafen und wir hierüber beide erschraken, war es doch so, als würden wir in unsere eigenen schauen und vielleicht auch noch ein wenig dahinter. Cassius' Gesicht verfärbte sich dunkel, als er dem Blick nicht mehr standhalten konnte. Auch mich überfiel eine gewisse Verlegenheit, die mich veranlasste, mich etwas abzuwenden und zu Boden zu schauen.

Silvia erwachte jetzt glücklicherweise aus ihrer Starre. Schockiert über die unerwarteten Geschehnisse, die sich in diesem kurzen Moment zugetragen hatten, versuchte sie, die Situation zu retten, indem sie zunächst zu sprechen begann und sich zugleich frei im Raum bewegte. Erst ging sie auf ihre Kinder zu, um diese mittels Umarmungen und den in südlichen Ländern oftmals obligatorischen Küssen zu begrüßen. Hierbei ließ sie Cassius nicht los, sondern zog diesen,

ihren rechten Arm um dessen Schulter gelegt, regel-
recht mit sich. Mit der Linken umfasste sie Aemilias
Taille und schob das Mädchen geradezu in meine
Richtung.

Besänftigend, allerdings mit einer Freundlichkeit,
der man anmerkte, dass sie etwas erzwungen war,
meinte Silvia: »Das ist David, von dem ich euch schon
so viel erzählt habe. Schaut nur, ist er nicht wirklich
ein Ebenbild eures Vaters?«

Silvia und ich hatten bereits im Vorfeld festgelegt,
dass wir die Gespräche mit ihren Kindern auf spanisch
führen würden. Dabei erklärte sie sich natürlich bereit
einzuspringen, wenn ich hier an die Grenzen meiner
diesbezüglichen Kompetenzen gelangen würde. Entsprechend fuhr Silvia nun weiter spanisch sprechend,
dieses Mal jedoch auch leicht ermahnend fort: »Bitte
bedenkt, dass David unser Gast ist, und das auf unseren und insbesondere auch euren Wunsch hin. Ihr habt
mir tagelang in den Ohren gelegen, dass ihr David
sehen und kennenlernen wollt, weshalb ich euch bitte,
euch entsprechend zu benehmen.«

Jetzt wieder milder im Tonfall: »Ich weiß, dass das
nicht einfach ist. Als ich David zum ersten Mal begegnet bin, fiel ich beinahe in Ohnmacht. Aber ihr werdet
bald merken, dass, so ähnlich die beiden sich auch
sind, doch auch große Unterschiede bestehen. Na ja,
sagen wir besser nur Unterschiede.«

Schließlich meinte sie noch, wobei sie mich direkt
ansah und hierbei offensichtlich von Herzen lächelte:
»David ist ein sehr netter und umgänglicher Mensch.
Ich bin äußerst froh darüber, dass er sich immer wieder
dazu bereit erklärt, mich zu treffen, und mir eine
Chance gibt, ihn kennenzulernen. Ich spüre auch, dass
mir die Bekanntschaft mit ihm sehr guttut. Ich habe

das gute Gefühl, der Trauer über den Tod eures Vaters besser begegnen zu können, seit ich David kenne. Vielleicht macht ihr selbst ähnliche Erfahrungen, wenn ihr David erst einmal kennengelernt habt. Also Kinder, benehmt euch jetzt bitte wie echte Roannes und zeigt unserem Gast, dass ihr gute Gastgeber sein könnt.«

Ich hatte mich mittlerweile selbst wieder halbwegs gefasst und lächelte alle drei an, als ich sagte: »Nun, meinen Namen habt ihr inzwischen häufig genug gehört. Es würde mich daher umso mehr freuen, wenn ihr mich auch David nennen und duzen würdet.« Ich räumte dann noch ein: »Vielleicht war es auch keine allzu gute Idee, euch direkt hier in eurem Zuhause kennenzulernen, obwohl ich mich natürlich über die Einladung freue.« Abschließend erklärte ich: »Auch ich werde mir größte Mühe geben, sodass später möglichst niemand mit dem Gefühl von Enttäuschung an dieses Zusammentreffen zurückdenkt.«

Einen Schritt auf alle zugehend, kamen mir diese nun ebenfalls weiter entgegen. Aemilia griff nach meiner ausgestreckten Hand und entschuldigte sich leise und merklich auch ein wenig verlegen. Cassius folgte dem Beispiel seiner Schwester, immer noch deutlich errötet. Dem Versuch erneut etwas länger gegenseitig in die Augen zu schauen, konnten wir beide nicht widerstehen. Hier blieb der Erfolg jedoch erneut aus, da keiner von uns in der Lage war, dem Blick des anderen einen andauernden Moment standzuhalten.

Gloria betrat nun ebenfalls die Terrasse und kündigte an, dass das Essen fertig sei, und bat uns entsprechend ins Esszimmer, was wesentlich zur weiteren Entspannung der Situation beitrug.

Das von Gloria in sicherlich mühevoller Arbeit zubereitete und äußerst ansprechend servierte Sonntagsessen schmeckte hervorragend. Zudem war es von ganz ausgezeichneter Qualität. Zum Essen wurde auch Wein gereicht, wobei ich mich jedoch zurückhielt, zumal ich es nicht gewohnt war, tagsüber überhaupt Alkoholisches zu mir zu nehmen. Gloria versuchte, stets Gewissheit darüber zu erlangen, dass es mir auch wirklich schmeckte und ich von allem genug bekam. Zwar kümmerte sie sich auch rührend um die Kinder und Silvia, dennoch konnte man merken, dass sie in meiner Anwesenheit einen wahrlich besonderen Anlass sah.

Die Zeit während des Essens, wie auch die frühen Stunden des Nachmittags, die wir überwiegend auf der vor dem Haus gelegenen Terrasse verbrachten, verliefen wesentlich harmonischer, teilweise gar amüsant. Immer wieder bemerkte ich hierbei verstohlene Blicke von Cassius, während Aemilia keinerlei Anstalten machte, ihre Neugierde zu verbergen, und mich stets unverhohlen musterte. Silvia schien es zu gefallen, ja beinahe zu genießen, wie die beiden auf mich reagierten, auch wenn sie dabei sicherlich Momente erlebte, bei denen sie sich an ähnliche Zusammenkünfte mit Philippe anstatt meiner Wenigkeit erinnerte.

Gloria ließ es sich auch hier nicht nehmen, uns zu bewirten, obgleich Silvia immer wieder versuchte, sie davon abzubringen, da schließlich auch die Kinder und sie selbst das übernehmen könnten. Die gute Seele des Hauses wartete, von Silvias Ratschlägen unbeirrt, mit Kaffee und Kuchen, kalten Getränken, Obst und sogar Eis auf, ohne sich auch nur einmal etwas Arbeit abnehmen zu lassen.

Anschließend fuhr mich Silvia zurück ins Stadtzentrum. Zuvor verabschiedete ich mich herzlich von Aemilia und Cassius sowie natürlich auch von Gloria, bei der ich mich zudem noch einmal für ihre hervorragende Bewirtung bedankte. Auch Garfield ließ es sich nicht nehmen, nachzusehen, was denn diese Ansammlung an der Haustür zu bedeuten hätte.

Während der Fahrt waren wir übereingekommen, dass es wohl doch eine ganz gute Idee gewesen war, mich den Kindern vorzustellen. Auch wenn der Anfang ein wenig holprig vonstatten gegangen war, hatte sich letztendlich eine gute Stimmung verbreitet. Sicherlich hätten Aemilia und Cassius es sich im Nachhinein nie verziehen, wenn sie nicht die Gelegenheit genutzt hätten, mich zumindest einmal mit eigenen Augen zu sehen.

Vor Jonas' Wohnung angekommen verabschiedeten wir uns voneinander, wobei mich Silvia zum ersten Mal von sich aus umarmte. Sie bedankte sich erneut dafür, Tränen unterdrückend, dass ich ihr derart entgegenkam und ihr sowie ihrer Familie die Möglichkeit bot, mich näher kennenzulernen.

Zu Hause angelangt wurde ich zunächst von Jonas bestürmt, der alles von mir wissen wollte. Er beobachtete mich aufmerksam, während ich ihm Bericht erstattete. Als ich von der ersten Begegnung mit den Kindern erzählte, schien er aufrichtig besorgt. Glücklicherweise konnte ich dann aber ergänzen, dass sich letztlich alles zum Guten gewandt hatte.

Danach machte ich mich auf, auch Marcus in einer E-Mail von meinem Tag zu berichten. Ich erwähnte hierin noch immer nicht, warum ich Silvia so sehr an Philippe erinnerte, sondern schilderte ihm nur von dem Haus, den Kindern, Gloria und dem guten Mittagessen. Ich ergänzte dann noch, dass ich den ganzen Tag fast ausschließlich Spanisch gesprochen hatte und mich hierbei auch immer sicherer fühlte.

Bei meiner Schilderung von Gloria würde Marcus bestimmt an den Zufall denken, dass bei einer Familie, bei der er in seiner Studienzeit den Kindern Klavierunterricht gegeben hatte, die Haushälterin ebenfalls Gloria hieß. Ich glaubte aber, mich zu erinnern, dass diese seinerzeit aus Lateinamerika kam.

Ich arbeitete auch noch ein wenig, während Jonas mit eigenen Vorbereitungen für den nächsten Tag beschäftigt war. Er würde wieder für ein paar Tage verreisen müssen.

Am Abend begaben wir uns gemeinsam in ein kleines Lokal in der Nähe. Da ich am Mittag so viel gegessen hatte, nahm ich nur ein paar Tapas und etwas Wein. Jonas hingegen langte beim Essen richtig zu. Beim Wein hielt er sich aber ebenfalls zurück, da er am nächsten Tag früh aufstehen wollte.

< 15 >

Wir hatten uns spontan zu einem Einkaufsbummel verabredet, da Silvia in der Lage war, sich kurzfristig freizunehmen. Ihr für diesen Tag wichtiger Termin, eine
Besprechung zu einem neuen Projekt, war von ihrem
Auftraggeber verschoben worden. Sie rief mich daher
an und fragte, ob ich mir ebenfalls Zeit abringen könne.

Barcelona war sicherlich ein Einkaufsparadies. Insbesondere dachte ich, dass Frau hier alles und noch
viel mehr bekommen konnte, als ihr Herz begehrte.
Silvia gehörte, wie ich es feststellen konnte, ganz
offensichtlich zu den Frauen, die gerne vieles anpro-
bierten und sich dann nicht entscheiden konnten –
obwohl ich dachte, dass sie einen wirklich guten
Geschmack besaß und eigentlich auch ihre erste Auswahl meist die für sie beste Wahl war.

Wir besuchten eine Unzahl von Boutiquen und auch
größere Modeläden. In den kleineren Geschäften war
sie scheinbar ab und zu auch mit Philippe gewesen, da
man mich hier und da sofort als Herrn Roanne begrüß-
te. In einem Fall, hier hatte man vielleicht von Philippes Tod gehört, schien die Verkäuferin äußerst irritiert,
als sie mich sah. Ich hatte beinahe das Gefühl, dass Silvia diese Situation regelrecht genoss. Auf jeden Fall
machte sie keinerlei Anstalten, die Angelegenheit auf-
zuklären.

Scheinbar hatte Silvia gar nicht erwartet, dass ich
mir ebenfalls etwas anschauen oder vielleicht sogar
anprobieren wollte. Lediglich an einem Schuhgeschäft
für Herren brachte ich sie kurz zum Halten, fand dann
leider doch nicht das Richtige für mich. Stattdessen
trug ich inzwischen mehrere Einkaufstaschen und

zweifelte bereits daran, dass es eine gute Entscheidung gewesen war, mich zu dieser Shopping-Tour mit ihr zu verabreden.

Dann aber sah ich, wie unbeschwert sie wirkte und wie glücklich unsere gemeinsame Unternehmung sie machte. Offensichtlich war sie auch wirklich angetan von meinen Entscheidungshilfen und mehr als zufrieden mit ihrer Ausbeute.

Plötzlich war ich mir völlig sicher, dass ich ihn durch das Schaufenster eines gegenüberliegenden Ladens erkannt hatte. Für einen kurzen Augenblick hatte ich ihn ganz deutlich sehen können. Schon mehrfach hatte ich an jenem Tag das Gefühl, dass uns jemand folgte, und fühlte mich beobachtet. Jetzt fand ich die Bestätigung – es war Cassius.

Vermutlich hatte er bemerkt, dass ich ihn entdeckt hatte. Er zog sich sofort zurück, sodass ich ihn nicht mehr ausmachen konnte. Ich war mir unsicher, ob ich es Silvia sagen sollte. Tatsächlich entschied ich mich sogar dagegen. Ich wollte diesen sonst so schönen und Silvia offensichtlich glücklich machenden Tag auf keinen Fall ruinieren. Da ich ihn jetzt ohnehin nicht mehr zu Gesicht bekam, schob ich die Angelegenheit zur Seite und versuchte, mir nichts anmerken zu lassen.

Erschöpft von Silvias Einkaufstour suchten wir uns einen Platz an der Placa Real und nahmen dort Kaffee und eine Kleinigkeit zu uns. Ich hielt weiter, möglichst unauffällig, Ausschau nach Cassius, jedoch ohne ihn noch einmal wahrzunehmen. Silvia erzählte mir, dass sie seit Philippes Tod nicht mehr so viel Spaß beim Shoppen gehabt hatte. Als sie merkte, dass ich bei unserer Einkaufstour leer ausgegangen war, musste sie lachen und meinte nur, dass es Philippe meistens auch so ergangen sei.

Wir stimmten noch einmal den für den anschließenden Tag vereinbarten Besuch bei ihrem Therapeuten ab und legten zugleich fest, dass wir danach noch etwas gemeinsam unternehmen würden. Schließlich begleitete ich Silvia, dabei den größten Teil des Gepäcks tragend, zu ihrem Wagen. Sie hatte diesen in einem Parkhaus an der Via Laietana geparkt, das mir grauenvoll eng schien, insbesondere in Anbetracht der doch nicht unerheblichen Ausmaße von Silvias Wagen. Ich fuhr mit ihr nur bis zur Ausfahrt und verabschiedete mich dann mit einer leichten Umarmung von ihr. Silvia hatte mir angeboten, mich nach Hause zu fahren. Ich hatte aber abgelehnt, zumal es von hier aus nicht mehr sonderlich weit zu mir war und ich lieber noch ein wenig gehen wollte.

Winkend brauste sie schließlich davon, wobei sie mir noch zurief, dass wir beim nächsten Mal etwas für mich kaufen könnten. Vom Straßenrand aus winkte ich ihr ebenfalls noch eine kurze Weile hinterher.

Kaum hatte ich mich umgedreht, um durch die Carrer de la Princesa in Richtung der Wohnung von Jonas zu gehen, da stand er, wie aus dem Nichts, vor mir.

»Wirst du meiner Mutter sagen, dass ich euch beobachtet habe?«

Er schaffte es nicht, mich direkt ansehen, sondern schaute verlegen beinahe auf den Boden. Ich konnte dennoch deutlich sehen, dass seine Wangen regelrecht glühten.

»Ich denke nicht!«

Meine Antwort fiel so knapp aus, da ich wirklich überrascht war, ihn so plötzlich vor mir zu sehen. Ich hatte ihn die ganze Zeit nicht mehr bemerkt, obwohl er uns offensichtlich weiter gefolgt sein musste. Ich fing mich aber schließlich schnell und versuchte es noch einmal.

»Ich glaube nicht, dass ich es deiner Mutter erzählen werde. Ich brenne aber vor Neugier zu erfahren, warum du uns gefolgt bist. Wollen wir etwas trinken?«

Er lächelte mich an und nickte, woraufhin ich ihn fragte, ob er denn einen netten Platz kennen würde. Von der Placa Real, wie er es wissen musste, käme ich schließlich gerade, sodass ich da nicht mehr hinwollte.

Er lief auf meine Bemerkung hin wieder rot an und brachte zunächst keinen Ton hervor. Schließlich meinte er aber doch noch, dass wir um den Mercat del Born und von dort aus in Richtung Parc de la Ciutadella sicherlich etwas Nettes finden würden. Außerdem läge das etwa auf meiner Strecke.

Wir fanden tatsächlich ein relativ ruhiges Lokal mit ansprechender Außenbestuhlung, wo wir, entgegen den mir üblichen Gewohnheiten, Bier bestellten.

Anfangs wussten wir beide nicht so recht, was wir uns zu sagen hatten. Als ich aber begann, ein wenig aus meinem Leben zu erzählen, lockerte sich die Atmosphäre. Nach dem zweiten Bier verfielen wir in ein wechselseitiges Gespräch, bei dem ich viel von meinem Gegenüber erfuhr.

Cassius hatte scheinbar kein sehr gutes Verhältnis zu seinem Vater gehabt und plagte sich nun mit Schuldgefühlen. Es schien ihm, dass er keine Gelegenheit hatte, Frieden zu schließen, bevor Philippe starb. Er fühlte sich von diesem stets unter Druck gesetzt und befürchtete immer, dass er dessen Erwartungen nicht erfüllen könne. Eigentlich, gestand er sich ein, müsse ihm das Leben jetzt leichter und einfacher fallen. In Gesprächen mit einem Therapeuten, den Cassius und Aemilia nach dem Tod ihres Vaters einige Zeit lang aufsuchten, sei er jedoch zu dem Schluss gekommen, dass sein Bild von Philippe schlichtweg falsch gewesen war. Die Vorstellungen und Ängste, dem eigenen Vater nicht gerecht zu werden, seien völlig überzogen gewesen. Er hatte seinem Vater gar keine Gelegenheit gegeben, Dinge, die er tat, wertzuschätzen. Stets in der Erwartung nicht gut genug zu sein, sei tatsächlich er selbst es gewesen, der sich ihm gegenüber völlig verschlossen hatte.

Ich entnahm dem Gespräch aber auch, dass er mit der Situation inzwischen relativ gut klarkam. Er versuche heute, durch ein besseres Verhältnis zu seiner Mutter und zu Aemilia, die Dinge irgendwie wieder gutzumachen. Cassius hoffte, dass Philippe stolz auf sein heutiges Verhalten wäre. In Gesprächen, die er hin und wieder in seiner Vorstellung mit Philippe führte, schien er damit auch Erfolg zu haben.

Außerdem erfuhr ich, dass Cassius viel Sport ausübte, vor allem Karate. In der Schule kam er gut zurecht und er hoffte, dass er später die Gelegenheit haben würde, Biologie zu studieren. Insbesondere wolle er sich der Mykologie widmen. Pilze, diese Lebewesen, die weder Tier noch Pflanze seien, hätten es ihm in ihrer Vielzahl einfach angetan.

Schon bald erlebte ich ein regelrechtes Seminar in Pilzkunde. So erfuhr ich beispielsweise, dass derzeit noch nicht einmal hunderttausend der schätzungsweise anderthalb Millionen existierenden Pilzarten bekannt waren. Neulich hatte man an bestimmten Palmen mehr als tausendfünfhundert Arten erforscht, von denen etwa fünfundsiebzig Prozent bisher unbekannt waren. Immer wieder wurden auch ganz neue Gattungen entdeckt. Die reichsten Quellen für neue Arten dürfte man wohl in den tropischen Regionen erwarten. Viele Pilzarten seien Substratspezialisten, weshalb man darauf schließen konnte, dass die große Anzahl an tropischen Gewächsen auch eine enorme Anzahl verschiedenster Pilzarten beherbergte.

Ich lernte auch noch einiges über die Geschichte der Pilzforschung. Voller Stolz teilte mir Cassius auch mit, dass er selbst schon neue Arten entdeckt habe. Das sei aber auch gar nicht so schwierig, da es Pilze beinahe überall gäbe.

So verging noch eine ganze Weile, in der wir etwas zu viel Bier tranken. Auf dem Weg zur Haltestelle am Arc de Triomf, zu der ich Cassius noch begleitete, musste ich mich richtig zusammenreißen und ich dachte, dass es Cassius nicht unähnlich erging.

Wieder daheim angekommen, schaltete ich zunächst den Computer an und checkte meine Nachrichten. Ich fand hierbei auch eine von Marcus. Sam, der übergewichtige Katzensenior aus dem Fernsehen, war bereits vermittelt und hatte so inzwischen ein neues Zuhause gefunden. Die Moderatorin der Sendung schien hierüber äußerst glücklich, während sie zugleich versuchte, auf die besonders unglücklichen Umstände eines neuen Kandidaten aufmerksam zu machen. Außerdem schrieb er, dass sich der Herbst in Deutschland inzwischen dazu entschieden habe, sehr kalt und regnerisch, Vorbote des Winters zu spielen. Bei meinen Anmerkungen über Gloria habe er lachen müssen und schließlich meinte er noch, dass ich es mir scheinbar offensichtlich gut gehen ließe.

Ich antwortete kurz und konnte es hierbei nicht unterlassen, ihm zu schreiben, dass in Barcelona die Sonne schien und ich lediglich im Hemd herumlaufen würde.

Da ich aufgrund der mit Cassius eingenommenen Biere kaum mehr das Gefühl hatte, produktiv arbeiten zu können, begab ich mich stattdessen auf die Couch. Ich legte mich nicht fest, ob ich mich später noch an mein Projekt begeben wollte, sondern schlief schon bald mit Gedanken an Silvia, Cassius und Philippe tief und fest ein.

< 16 >

»Hallo David, ich dachte schon beinahe, dass du nicht kommen würdest.«

Ich bin überrascht, dass es Joshua ist, der mir jetzt im Sand gegenübersitzt. Es ist der gleiche rosafarbene Strand, an dem ich zuvor Philippe angetroffen habe.

»Josh, was willst du, was machst du hier?«

Ich lasse mir anmerken, dass es nicht er ist, den ich erwarte, und bereue es zugleich. Er scheint wirklich betroffen und blickt zu Boden. Also versuche ich es erneut. Dabei bemühe ich mich, freundlicher zu klingen.

»Bitte, Josh, sag mir, warum du hier bist. Ich habe wirklich nicht mit dir gerechnet.«

Er schaut mich betrübt an und versucht ein Lächeln hervorzubringen.

»Ist das die Art, wie du deinen besten Freund begrüßt. Ich bin hier, um dich zu warnen. Siehst du nicht, wie du ihm verfällst? Du kennst ihn kaum, doch es scheint, als ob du seinem Pulsschlag lauschst. Du müsstest einmal sehen, wie du ihn angaffst. Ich glaube nicht, dass es noch lange dauert, bis er sagen kann, *spring* und du dann wirklich springst. Ich bin dein Freund, hast du das vergessen?«

Einen Moment lang denke ich über das nach, was er sagt. Jedoch kann ich die Probleme, die er sieht, nicht nachvollziehen und sage: »Natürlich bin ich froh, dass du hier bist. Es wundert mich nur, dass ich dir, nach all der Zeit, ausgerechnet jetzt begegne, wo ich Philippe kennenlerne. Kann es sein, dass du irgendwie eifersüchtig bist? Wenn du tatsächlich Sorge um mich hast und der Meinung bist, dass meine Bekanntschaft zu Philippe eine Gefahr birgt, kann ich dich beruhigen.

Schau ihn dir doch an. Erkennst du nicht den anderen Ich in ihm? Und ich frage dich, wie könnte ich Angst vor mir selbst haben?«

In diesem Moment bemerken wir, dass Philippe auf uns zukommt. Während ich mich freue, verdüstert sich Joshuas Gesicht. Er erweckt den Eindruck eines Unterlegenen, was mich betrübt. Obwohl ich nur noch sehr selten über ihn nachdenke, mag ich ihn sehr. Ich denke gerne an unsere gemeinsame Jugendzeit zurück und hätte mir gewünscht, ihn einmal wiederzusehen.

Philippe ist jetzt bei uns und setzt sich neben mich. Er schaut abwechselnd mich und Joshua an, wobei er mitfühlend lächelt. Ich bin froh, dass er seinen Sieg nicht genießt, oder es sich zumindest nicht anmerken lässt. Er wendet sich direkt an Joshua mit den Worten: »Es gibt wirklich keinen Grund, dich zu ärgern. Ich will dir David keineswegs wegnehmen. Es ist jetzt aber meine Zeit mit ihm. Und bitte glaube mir, ich würde ihm niemals wehtun. Das wäre beinahe so, als würde ich mich selbst verletzen.«

Jetzt sieht er mich weiterhin lächelnd an und ich kann für einen Moment den Blick nicht von ihm lassen. Schließlich gelingt es mir, mich von ihm loszureißen und mich Joshua zuzuwenden. Ich lächle ihm aufmunternd zu, während er scheinbar aufgebend, aber glücklicherweise auch nicht mehr ganz so traurig mit dem Kopf schüttelt und seufzt: »Was kann ich da schon machen?«

< 17 >

Am Dienstag stand der Besuch bei Silvias Therapeuten
an. Da dessen Praxis fußläufig von Jonas' Wohnung
entfernt lag, verabredeten wir uns direkt vor Ort.

Der Psychologe hatte Räume in einem wundervoll
restaurierten Gebäude bezogen. Sie lagen im west-
lichsten Bereich des Passeig de Gracia. Dieser Teil der
Prachtstraße, oberhalb der Avenida Diagonal, wurde
von einem Grünstreifen durchtrennt und war weitaus
weniger geschäftig als der Abschnitt zur Placa de Catalunya hin.

Ich war, meinen Gewohnheiten wieder einmal
gerecht werdend, zu früh. Auf dem Klingelschild war
deutlich der Name Dr. Ortega auszumachen, wenn
sonst auch nur noch die knappe Bezeichnung Psychologe. So wusste ich, dass ich richtig war, und wartete
geduldig.

Wieder einmal überlegte ich, ob ich Silvia, oder in
diesem Fall sogar ihrem Therapeuten, von meinen
Träumen erzählen sollte. Den Gedanken verwarf ich
jedoch sogleich. Es schien mir, als sei das, was wir in
der Realität erlebten, völlig ausreichend, um Verwirrung zu stiften. Ich konnte mir aber noch immer keinen
Reim darauf machen, warum auch Joshua in meinen
Träumen vorkam.

Als Silvia eintraf, begrüßten wir uns mit der inzwischen üblichen, herzlichen Umarmung und betraten
dann das Gebäude und schließlich das Vorzimmer zur
Praxis. Hier wurden wir von einer jung gebliebenen
Empfangsdame beinahe überfreundlich begrüßt und
gebeten, kurz im Wartezimmer Platz zu nehmen.

Herr Ortega betrat wenig später persönlich den
Warteraum, um uns abzuholen. Hierbei blieb er

zunächst einmal wahrhaft schockiert stehen und musste sich sichtlich zusammenreißen, um eine angemessen höfliche Begrüßung von sich geben zu können. Da er Philippe einigermaßen gut gekannt hatte, war er durchaus in der Lage, Silvias Beurteilung in Hinblick auf unsere Ähnlichkeit zu bemessen.

Als Erstes fiel mir sein Schnurrbart auf, den er ähnlich wie Dalí trug. Als er meine Verwunderung oder auch leichte Belustigung hierüber wahrnahm, meinte er, dass er damit Hypnosen durchführe. Er lachte dann über seinen eigenen Scherz und sagte schließlich ernst, dass es in seinem Beruf tatsächlich sinnvoll sei, etwas Auffälliges zu tragen, da dies von der eigenen Persönlichkeit ablenken würde. Schließlich seien seine Kunden hier, um sich zu öffnen, was gegenüber einem völlig Fremden meist nicht leicht fiel. Eine auffällige Krawatte, ein besonderer Kugelschreiber oder eben sein Schnurrbart, schaffe eine notwendige Ablenkung von der Intimität der Situation. Ähnlich wie im Beichtstuhl durch das Beichtgitter sei man seinem Gegenüber zwar ganz nahe, irgendwie aber zugleich auch nicht.

Er wandte sich dann noch direkt an mich und äußerte unverhohlen: »Mein Gott, diese ungeheure Ähnlichkeit zwischen Ihnen und Philippe hätte ich nicht für möglich gehalten. Sind Sie sicher, dass Sie nicht verwandt gewesen sind?«

Ich verneinte beziehungsweise bestätigte, dass Silvia und ich keinerlei Verwandtschaft zwischen den Roannes und meiner Familie entdecken konnten. Unsere äußerliche Entsprechung musste eine Laune der Natur sein.

Herr Ortega bat mich: »David, ich darf Sie doch David nennen?« Ohne eine Antwort abzuwarten, fuhr er fort: »Bitte nennen Sie mich doch Guillem. Meine

Patienten und ich pflegen uns mit Vornamen anzusprechen.«

Er unterbrach sich kurz selbst und musterte während der hierbei entstehenden Pause mit beinahe bohrendem Blick mein Gesicht. Ich hatte das Gefühl, dass er hinter meine Augen schauen wollte, und für einen kurzen Moment fühlte ich mich beim Anblick seines Schnurrbarts tatsächlich wie hypnotisiert. Ich schüttelte den Gedanken von mir und versuchte, mich auf einen imaginären Punkt zwischen seinen Augen zu konzentrieren. Guillem lächelte hieraufhin mild und berührte spielerisch eine der Bartantennen.

»David, ich bin froh, dass Sie sich dafür entschieden haben, diesem Treffen zuzustimmen und schließlich hier sind. Ich habe das Gefühl, dass Sie Silvia bei ihrer Trauerbewältigung behilflich sein können. Auch wenn ich Sie nur kurz kenne, denke ich, dass Silvia hierbei zudem das Glück hatte, einem guten Menschen begegnet zu sein. Ich weiß natürlich, dass man niemanden wirklich lesen kann – dafür bin ich einfach schon zu lange im Beruf. Meine Erfahrung lehrt mich aber auch, dass ich mit meinen ersten Einschätzungen meistens recht gut liege.«

An Silvia richtete er sich dann noch: »Es tut mir leid, dass ich Ihrer Objektivität kein allzu großes Vertrauen geschenkt habe. Mit so etwas habe ich aber wahrlich nicht gerechnet.«

Ihm fiel schließlich auf, dass wir alle noch standen, weshalb er uns bat, Platz zu nehmen.

Es war ein sehr geräumiges Beratungszimmer mit einem großen Schreibtisch am Fenster und neben verschiedenen mit Büchern übersäten Regalen einer einladend wirkenden Sitzgruppe. Diese bestand aus drei gleichgroßen, zu einem »U« angeordneten Zweisitzern mit hohen Seitenlehnen. Sie waren, bezogen mit dunkelbraunem Stoff, die einzigen dunklen Akzente des Raumes. Neben hellem Eichenparkett und zartblauen Vorhängen im Bereich der großen Fenster zur Straße hin waren Schreibtisch und Regale in hellem Grau gehalten. Schreibtischsessel und Besucherstühle strahlten weiß wie auch die Wand- und die Deckenfarbe.

Guillem bot uns Kaffee an, zu dem die Vorzimmerdame, als sie ihn brachte, auch Wasser und Gebäck reichte.

Immer wieder einmal an seinen Bartantennen zupfend, wobei er mich stets beinahe ein wenig belustigt ansah, sagte er, dass diese Situation auch für ihn einzigartig sei. Er habe noch nie von Vergleichbarem gehört oder hierbei gar persönlich Erfahrungen gemacht. Auch habe eine erste Recherche, die er diesbezüglich angestellt hatte, keine Ergebnisse erbracht. Er habe hier beispielsweise nach analogen Situationen mit bisher den Hinterbliebenen unbekannten Zwillingen gesucht. Leider aber habe er, wobei er Silvia aufrichtig mitleidig ansah, keinen Fall gefunden, bei dem die Zwillinge einander ebenfalls zuvor nicht kannten. Der Kontakt wiederum zu bereits bekannten Zwillingen sei aber in der Regel hilfreich gewesen. Er merkte hierzu jedoch auch gleich an, dass dies nicht wirklich vergleichbar sei, da das Leid des überlebenden Zwillings ja dem des hinterbliebenen Partners ähnlich, wenn nicht gar stärker sei. Entsprechend bestehe eine andere Beziehung zueinander, geprägt eben von diesem gemeinsamen Leid.

Seine Hoffnung, dass unsere Bekanntschaft Silvia dienlich sein könne, beruhe wahrhaft lediglich auf einem Gefühl. Da die Tatsache, dass ich existierte und Silvia davon wusste, nun nicht mehr umkehrbar sei, sehe er ohnehin keinen Grund, sich dieser Chance zu entziehen. Das Einzige, was er im Moment als problematisch betrachten würde, wäre, wenn Silvia und ich eine Beziehung eingingen, die über die eine Bekanntschaft oder Freundschaft hinausgehe.

Er schaute mich daraufhin mit einem warmen Lächeln direkt an und meinte: »Das dürfte aber vermutlich kein Thema sein.«

Ich nickte hieraufhin lediglich. Als ich dann Silvia ansah, wobei ich bemerkte, dass ich etwas Farbe im Gesicht zulegte, lächelte diese mich ebenfalls herzlich an.

Die Stunde bei Silvias Therapeuten ging flugs vorbei. Guillem bat Silvia noch, als er uns persönlich hinausbegleitete, ihn doch bitte auf dem Laufenden zu halten. Wenn wir damit einverstanden seien, werde er später die gesammelten Erfahrungen gerne zusammentragen und seiner Zunft zur Verfügung stellen. Ich hatte nichts dagegen und überließ die diesbezügliche Entscheidung Silvia.

< 18 >

Nach dem durchweg erfolgreichen Besuch bei Silvias Therapeuten wollten wir den restlichen Nachmittag auch noch gemeinsam verbringen und zudem am Abend miteinander essen gehen. Silvia fragte mich hierzu, ob ich gewillt sei, einem ihr und Philippe sehr gut bekannten Wirt aus der Fassung zu bringen.

Nachdem ich zunächst meine Bedenken äußerte, stimmte ich dem Spaß oder auch Streich zu, woraufhin Silvia im Lokal ihres Bekannten anrief und einen Tisch für uns reservierte. Silvia vergaß mir gegenüber auch nicht zu erwähnen, dass man hier das beste Kaninchen der Stadt essen könne, da sie von meiner Vorliebe hierfür bereits erfahren hatte.

Wie in Spanien in der Regel üblich, nahm Silvia die Reservierung für eine recht späte Uhrzeit vor, weshalb wir noch reichlich Zeit zur Verfügung hatten. Entsprechend planten wir einen Besuch des Parc Güell. Das Lokal, in dem wir zu Abend essen wollten, war nicht sehr weit von diesem entfernt. So ließ sich beides gut miteinander verbinden und brachte keine allzu unnötigen Umwege mit sich.

Nach dem Besuch eines Cafés in der Nähe der Praxis von Silvias Therapeuten und einem Schaufensterbummel entlang des Passeig de Gracia war es dann auch bereits so weit. Schon bei meinem früheren Aufenthalt in Barcelona hatte ich den Park besucht, schließlich zählte er zu den Hauptattraktionen der Stadt. Erneut genoss ich auch dieses Mal den Ausflug in jene wunderbare Gartenanlage Gaudís. Silvia hingegen schien gedanklich noch bei dem Besuch ihres Therapeuten zu sein. Zugleich malte sie sich vermutlich aber auch bereits die Überraschung aus, die ich für den

Besitzer des Restaurants am Abend darstellen würde.

Trotzdem schien auch sie die Zeit im Park zu genie-ßen. Sie fühlte sich offensichtlich immer wohler, wenn ich bei ihr war. Es war auch für mich inzwischen so, als würden wir uns bereits sehr lange kennen. Schließ-lich wusste ich schon vermutlich mehr von Silvia als von den meisten meiner Bekannten daheim.

Es begann allmählich zu dunkeln, als wir den Park verließen. Wir nahmen noch einen Aperitif in einer Bar unweit des Parks zu uns und machten uns schließlich auf den Weg zum Abendessen.

Wie verabredet betrat Silvia als Erste das Restau-rant und ging voraus, derweil ich mich im Hintergrund hielt. Noch während ich die Tür hinter mir zumachte, hörte ich einen nicht gerade leisen Mann mit sehr tiefer Stimme auf uns zukommen. Zur Begrüßung umarmte er Silvia herzlich, als ich mich umdrehte und ihn unverwandt ansah. Erst lachte er noch, doch das ver-ging ihm zugleich. Silvia noch immer in den Armen haltend, verharrte er in seinen Bewegungen und schaute mich nur ungläubig an.

Ich war mir bereits sicher, dass dieser Mann Raphael sein musste. Raphael überragte mich und Sil-via um mehr als einen Kopf und seine Körperfülle reichte gewiss aus, unser beider Gewicht aufzuneh-men. Dennoch wartete ich kurz das zwischen Silvia und mir vereinbarte Zeichen ab und lächelte den Ungläubigen so lange nur vertraut an. Schließlich zwinkerte ich ihm zu und sagte nur kurz: »Hallo Raphael«.

Wir hatten dies so abgesprochen. Da ich kaum redete und meine Stimme sonst genauso klang wie die von Philippe, musste er einfach glauben, dass ich er war.

Mit seiner Reaktion hierauf hatten wir jedoch nicht gerechnet. Statt an seinem Verstand zu zweifeln und einen Geist in mir zu vermuten, wurde er richtig wütend.

Er riss sich regelrecht von Silvia los und baute sich nach den wenigen Schritten, die uns voneinander trennten, aufbrausend vor mir auf.

»Was soll das? Ihr könnt mich doch nicht ein ganzes Jahr lang verschaukeln. Mit so etwas treibt man keinen Spaß.«

Er schrie mich regelrecht an und in Anbetracht seiner Körpergröße bekam ich es allmählich wirklich mit der Angst zu tun. Ich spürte deutlich seinen Atem in meinem Gesicht.

»Seid ihr von allen guten Geistern verlassen? Raus mit euch. Raus aus meinem Lokal. Ich will euch hier nicht mehr sehen. Ihr seid keine Freunde. Ihr könnt mir doch so etwas nicht antun.«

Wissend, dass wir zu weit gegangen waren, griff Silvia sofort ein und bemühte sich, Raphael zu besänftigen. Natürlich waren wir augenblicklich zur Hauptattraktion des Abends geworden, weshalb sie versuchte, ihn ein wenig zur Seite zu ziehen.

Nach einiger Zeit, in der Silvia nichts unversucht ließ, um Raphael davon zu überzeugen, dass ich nicht Philippe war, konnte sie ihn dazu überreden, sich mit uns an den ursprünglich angedachten Tisch zu setzen. Ich versuchte ebenfalls, mein Bestes zu geben, indem ich einfach meinen Akzent deutlich hören ließ und ihm schließlich sogar den Ausweis zeigte.

Wir entschuldigten uns immer wieder, während Silvia ihm auf die Schnelle einen kleinen Überblick unserer bisherigen gemeinsamen Geschichte gab. Nachdem er endlich davon überzeugt war, dass ich nicht der war, der ich zu sein schien, musterte er mich neugierig von Kopf bis Fuß.

»Du bist wirklich Deutscher? Na ja, zumindest hört man das doch irgendwie. Was, ihr seid auch noch am selben Tag geboren? So etwas gibt es doch gar nicht.«

Er ließ eine Flasche Cava an den Tisch bringen, während sich inzwischen scheinbar das gesamte Personal um uns versammelte. Zwei der Kellner sowie ein Koch kannten Philippe ebenfalls und waren nicht minder von der Similarität zwischen mir und Silvias verstorbenem Mann überrascht.

Zuletzt kam sogar noch ein Gast an den Tisch, der Silvia und Philippe gleichfalls aus der Vergangenheit kannte. Das war Silvia dann doch auch etwas unangenehm.

Raphael blühte alsbald richtig auf und bewies seine Qualitäten als guter Gastgeber. Wir aßen und tranken den ganzen Abend lang, wobei ich, wie von Silvia versprochen, das beste Kaninchen verspeiste, welches ich je in meinem Leben gegessen hatte.

Als alle anderen Gäste bereits gegangen waren, verblieben wir noch mit Raphael, dem Koch und einem der Kellner. Wir tranken und lachten bis in die frühen Morgenstunden hinein. Es schien, als wollte Raphael uns gar nicht mehr gehen lassen.

< 19 >

Ich erschrak, als es klingelte. Es war das erste Mal, dass ich die Klingel überhaupt hörte, weshalb mir das Geräusch völlig fremd war. Gerne hätte ich das Gebimmel einfach ignoriert, da ich alleine in der Wohnung war. Dies war jedoch nicht möglich. Wer immer auch an der Tür war, ging scheinbar fest davon aus, jemanden anzutreffen. Ich nahm also den Hörer der Gegensprechanlage ab und musste zu meinem Erstaunen feststellen, dass es Aemilia war.

Ich entschied mich dafür, ihr im Eingang entgegenzukommen, um mich dann lieber in einem Café mit ihr niederzulassen. Sie in der Wohnung von Jonas zu empfangen, schien mir irgendwie falsch. Ich war der Meinung, dass die Situation ein wenig Distanz benötigte.

Aemilia erweckte einen recht nervösen Eindruck. Vielleicht war sie sich nicht mehr ganz sicher, ob es eine gute Überlegung war, mich zu treffen, zudem offensichtlich ohne Wissen ihrer Mutter. Außerdem war sie nicht mit mir verabredet. Mein Angebot, gemeinsam einen Kaffee in der Nähe einzunehmen, akzeptierte sie gerne. Ich dachte, dass sie für den Moment froh gewesen war, dass ich kurzerhand die Führung in der Situation übernahm.

Wir fanden schnell einen schönen Außenplatz bei einem der Lokale am Nordbahnhof. Hier wurden wir von einer freundlichen Bedienung mit Getränken versorgt, während Aemilia unruhig auf ihrem Stuhl herumrutschte.

»Ich weiß gar nicht so recht, warum ich hier bin«, begann sie etwas zu forsch und fuhr nervös fort, »ich wollte dich einmal alleine treffen, um für mich selbst festzustellen, wie sehr oder auch wenig du tatsächlich meinem Vater gleichst.«

Nachdem sie einen großen Schluck von ihrem Wasser genommen hatte, das mit dem Kaffee serviert worden war, setzte sie beinahe feindselig an: »Was ist das für eine Geschichte zwischen dir und meiner Mutter, du willst doch nicht etwas von ihr, oder?«

Vermutlich über sich selbst beziehungsweise über ihren leichten Ausbruch überrascht, versuchte sie es alsbald in einem eher beschwichtigenden Ton.

»Ich meine, es ist doch nicht so, dass ihr beabsichtigt, euch näherzukommen. Wenn ich es nicht besser wüsste, könnte ich, so wie sie sich derzeit verhält, annehmen, meine Mutter sei in dich verliebt.«

Aemilia traten die ersten Tränen in die Augen, sodass ich ihre beiden Hände ergriff und sie regelrecht zwang, mich anzusehen.

»Schau, Aemilia, du, Cassius und deine Mutter habt eine ganz furchtbare Zeit hinter euch. Glaubst du tatsächlich, dass ich in der Lage wäre, das auszunutzen? Deine Mutter und ich machen uns immer wieder Gedanken dahin gehend, ob es denn gut ist, miteinander Kontakt zu haben. Noch schwerer fällt uns diese Entscheidung, wenn sie euch, Cassius und dich, einbezieht. Wir wissen auch nicht, ob es der Verarbeitung eures Traumas dienlich ist.«

Ich erzählte ihr davon, dass wir uns am Tag zuvor sogar mit Silvias Therapeuten getroffen hatten und auch dieser nicht mit Gewissheit sagen konnte, wie sich unser Zusammentreffen auf die Beteiligten auswirken würde. Ich sagte ihr aber auch, dass er Fortschritte erkannte, die mit einer Geschwindigkeit Gestalt annahmen, wie dies in keinem Zeitraum zuvor der Fall gewesen sei. Da ich real war und eben keine Einbildung oder Übertreibung, wie er es bei Silvias

93

Beschreibung von mir zunächst vermutet hatte, müsse man eh lernen, mit dieser Tatsache umzugehen. Und es bestehe eine reelle Chance auf eine bessere Verarbeitung des Geschehenen.

»Aemilia, für mich ist das alles ebenfalls völlig unerwartet eingetreten. Ich hatte hierauf keinerlei Einfluss und versuche nur, so denke ich es zumindest, deiner Mutter zu helfen, da ich sie inzwischen wirklich sehr gerne habe. Aber, das musst du mir glauben, wie eine sehr gute Freundin. Auch wenn uns scheinbar so viel verbindet. Ich sehe doch nicht aus wie dein Vater, weil ich mir das so wünsche. Es ist einfach so, ohne jegliches Zutun von mir oder sonst irgendwem. Und du kannst mir glauben, hiervon überrascht bin wohl am meisten ich selbst. Schließlich bin ich es ja, der deinem Vater bis aufs Haar gleicht. Glaubst du nicht, dass ich letztlich sogar lieber ihn persönlich, als lediglich euch kennengelernt hätte?«

Sie sah mich mit einem leicht gequälten Lächeln an, das aber ungezwungen wirkte, und entzog sich meinem Griff, um mit einem Taschentuch ihre feuchten Augen abzutupfen.

»Ich freue mich natürlich auch sehr darüber, deine Bekanntschaft zu machen. Gerade dich zu sehen, stellt ein absolutes Novum für mich da. Ich kenne in meiner Familie keine weiblichen Personen, die mir äußerlich sehr ähnlich sind. Scheinbar sind hier die Gene von der väterlichen Seite aus wesentlich dominanter. Du musst bedenken, dass, wenn ich Kinder hätte, diese dir und Cassius vermutlich ebenso ähneln würden wie wir einander.«

Sie schien hierüber nachzudenken und war zugleich etwas beruhigter, was meine vermeintlichen Absichten anging. Die kleinen Tränen waren getrocknet. Ja, sie lächelte mich jetzt beinahe offenherzig an. Um von der Ernsthaftigkeit unseres Gesprächs abzulenken, fragte ich sie, was sie denn mit ihrem Leben so vorhabe. Da sie die Schule schon bald hinter sich lassen würde, hätte sie doch sicherlich bereits berufliche Pläne. Ich stellte ihr auch eine Menge anderer Fragen, wobei ich versuchte, nicht zu persönlich zu werden. Da sich Aemilia mir nun etwas öffnete, konnte ich mir ein besseres Bild von ihr machen. Ich lag auch sicher richtig in der Annahme, dass sie, ebenso wie zuvor Silvia und Cassius, froh darüber war, dass ihr jemand verständnisvoll zuhörte.

Ich erfuhr, dass sie möglichst bald studieren wolle und ihre Aussichten auf einen Studienplatz recht gut seien. Während ihr Bruder sich für Biologie interessierte, wollte Aemilia sich der Medizin widmen. Die Eltern ihrer Mutter waren beide Ärzte. Der Großvater hatte viele Jahre lang ein Krankenhaus in Barcelona geleitet, während die Großmutter eine Praxis als Kinderärztin betrieb. Cassius und sie konnten so bei ihren früheren Arztbesuchen immer auch ihre Oma sehen.

Sie beabsichtigte auch, ein Auslandsjahr zu nehmen. Frankreich sei hierfür ideal, da sie fließend Französisch spreche. Außerdem könne sie hier, wenn sie in Paris eine entsprechende Möglichkeit bekomme, bei ihren anderen Großeltern, den Eltern von Philippe, wohnen. Das werde das Ganze wesentlich einfacher machen und zugleich die Kostenfrage klären.

Generell habe sie sich vorgenommen, mehr zu reisen, vielleicht auch einmal nach Deutschland.

Aemilia sprach aber auch von den Ängsten und Albträumen, die sie begleiteten, seitdem ihr Vater gestorben war. Schließlich bat sie sogar um Verzeihung dafür, dass sie nicht wie die anderen so einfach akzeptieren konnte, dass ich Philippe so vollkommen ähnlich war. Inzwischen aber sei sie der Meinung, dass es vielleicht sogar gut war. Es würde die Erinnerungen an ihren Vater so lebendig machen, zumal sie ja, im Gegensatz zu ihrer Mutter, nicht richtig Abschied nehmen konnte. Vermutlich sei es der bessere Weg, sich intensiver damit auseinanderzusetzen. Vielleicht könne es tatsächlich, wie ihre Mutter es auch annahm, den Heilungsprozess beschleunigen.

»Wenn ich davon absehen kann, dass du ein Spiegelbild meines Vaters bist, finde ich dich insgeheim sogar recht sympathisch und kann mir eine Freundschaft mit dir sehr gut vorstellen. Es ist nur so, dass in den Momenten, in denen ich nur ihn in dir sehe, mich eine furchtbare Wut packt. Irrational habe ich dann das Gefühl, dass du meinem Vater sein Aussehen, ja irgendwie seine ganze Person gestohlen hast. Ich kann mich dann, wie du es bisher leider bereits feststellen musstest, nur sehr schwer zügeln.«

Sie machte eine Pause, in der wir Kaffee tranken und ich sie verständnisvoll anlächelte.

»Ich hoffe, dass du mir meine Ausbrüche verzeihen kannst und ich erhoffe mir auch, dass diese weniger werden oder gar ganz verschwinden.«

Nach bestem Wissen und Gewissen versicherte ich ihr, dass ich sie gut verstehen würde und auch nicht allzu gekränkt sei. Ich fügte noch hinzu, dass ich ihre Ehrlichkeit sehr schätze und ihr nur wünschen könne, dass sie so bliebe, wie sie war.

< 20 >

Cassius und ich hatten uns zum gemeinsamen Laufen verabredet. Da es die U-Bahn-Haltestelle am Arc de Triomf gab, trafen wir uns direkt dort. Von hier aus gelangten wir unmittelbar in den Parc de la Ciutadella, wo ich inzwischen auch sonst meine Runden drehte.

Cassius schien gut in Form. In seinem Alter war ich zwar nicht unsportlich gewesen, Laufen gehörte damals aber eher weniger zu den von mir bevorzugten Disziplinen.

Zunächst redeten wir kaum, sondern liefen eine Strecke entlang, die ich mir in den letzten Tagen auserkoren hatte. Ich stellte mir hierbei kurzzeitig vor, wie es gewesen wäre, wenn ich ebenfalls mit Ende zwanzig eine Familie gegründet hätte. Ich fragte mich, wie mein Leben heute wäre, mit beinahe erwachsenen Kindern, vielleicht sogar einem Sohn in Cassius' Alter. Die plötzlich gegebene Möglichkeit durch Cassius und auch Aemilia einen annähernd realistischen Blick auf Kinder zu erhalten, die wie keine zweiten meine eigenen sein könnten, faszinierte mich enorm. Immer wieder suchte ich nach weiteren, bisher unentdeckten Ähnlichkeiten zwischen Cassius und mir, auch wenn ich mir im Klaren darüber war, dass es tatsächlich Gemeinsamkeiten von Philippe und seinem Sohn waren.

Erst beabsichtigte ich, Cassius auf unsere Similarität, also die zwischen ihm und mir, anzusprechen. Ich wollte ihn auch fragen, wie er darüber dachte und was er dabei empfand. Tatsächlich aber entschied ich mich dagegen und glaubte, dass das eine gute Entscheidung war.

Nachdem wir eine gute halbe Stunde gelaufen

waren, steuerte ich die zentrale Brunnenanlage des Parks an, wissend, dass wir dort an einem permanent errichteten Kiosk Getränke bekommen würden.

Wir entschieden uns beide für Wasser, aber auch einen kleinen Kaffee und gerieten in ein anregendes Gespräch mit überraschend unverkrampftem Tonfall.

Cassius erzählte mir von seinem Karatetraining und seinen Freunden aus der Schule. Einer von diesen, sein bester Freund, ging auch regelmäßig mit ihm zum Training und den gelegentlichen Wettbewerben. Er ließ mich sogar von einer Freundin wissen, die er vor ein paar Monaten gehabt hatte, mit der es inzwischen aber schon wieder vorbei war.

Ich sagte ihm, dass ich früher auch Karateunterricht genommen hatte, ebenfalls gemeinsam mit einem Freund, der damals sogar im selben Haus wie ich wohnte. Das jedoch sei schon eine Ewigkeit her, sodass ich ihm hierbei sicher kaum als Übepartner dienlich sein könne. Zugleich merkte ich auch noch an, dass mich seine Ausdauer beim Laufen beeindruckte. Schließlich sei Laufen nicht unbedingt etwas für junge Leute, insbesondere, wenn sie sonstige Sportarten favorisierten.

Zwischenzeitlich, wir hatten es uns mit den Getränken ein wenig gemütlich gemacht, erregten wir scheinbar die Aufmerksamkeit von zwei jungen Damen. Diese hatten bereits im Vorfeld eine Parkbank weiter Platz genommen, sodass ich sie, als wir uns setzten, zuvor kurz freundlich angelächelt hatte. Beide waren vermutlich ein wenig älter als Cassius, aber natürlich immer noch erheblich jünger als ich. Offensichtlich hatte meine kleine Charmeoffensive, die aber wirklich völlig unbeabsichtigt war, ihre Wirkung nicht verfehlt. Immer wieder schauten die Mädchen zu uns herüber und konnten von einem Getuschel und Gekicher nicht ablassen.

Schließlich nahm eine der beiden ihren ganzen Mut zusammen und fragte uns, ob wir hier öfter joggen würden. Keines der Mädchen sah aus, als würde es selbst jemals laufen oder sonst viel Sport treiben – obwohl sie durchaus gute Figuren hatten und nicht unattraktiv waren. Während Cassius lediglich ein wenig verschüchtert mit dem Kopf schüttelte, ergriff ich nach meiner Art direkt die Initiative und eröffnete so eine kleine Gesprächsrunde. Glücklicherweise gehörten die beiden, die, wie es sich herausstellte, nur ein Jahr älter als Cassius waren, zu der Art von Frauen oder Mädchen, die selbst sehr viel mitzuteilen hatten. So unterhielten wir uns amüsant, ohne unsererseits hierbei aufklären zu müssen, in welchem Verhältnis wir zueinander standen. Ein wenig belustigt nahm ich, als wir uns letztlich voneinander verabschiedeten, noch wahr, wie Cassius regelrecht bedrängt wurde, doch die Kontaktdaten auszutauschen.

Als ich Cassius schließlich zur Haltestelle brachte, meinte er noch, dass ich wahrlich auch in meiner Art seinem Vater sehr gleichen würde. Sein Mobiltelefon mit den neu abgespeicherten Nummern in triumphaler Geste hochhaltend, rief er noch mit einem Augenzwinkern »Danke«, bevor er sich umwandte, um in den Katakomben der U-Bahn zu verschwinden.

< 21 >

»Weißt du, David, ich kann es noch immer nicht glauben. Im Sommer des letzten Jahres ist mein Philippe gestorben und nun sitze ich hier einem Mann gegenüber, der mich mit den gleichen Augen ansieht und mich mit demselben Lächeln anlächelt. Du hältst mir Hände entgegen, welche die seinen zu sein scheinen. Du sprichst mit mir und ich erkenne keinen Unterschied in der Stimme. Seitdem ich mich an das Englisch mit dir gewöhnt habe, seid ihr auch hierin nahezu identisch. Und wenn du mich zur Begrüßung umarmst, spüre und rieche ich sogar Philippe, obwohl ich natürlich weiß, dass du es bist. Du, David.«

Wir hatten uns dieses Mal nicht in einem Stammlokal von ihr verabredet, sondern in einem Restaurant, das wohl erst kürzlich eröffnet hatte. Es lag im Stadtteil El Born, unweit der Kirche Santa Maria del Mar. Beide hatten wir Fisch gewählt, da dieser hier besonders gut sein sollte, und wir wurden nicht enttäuscht.

»Ich frage mich, wie es sein kann, dass ich Philippe noch einmal ansehen, sprechen, hören, ja sogar anfassen kann. Ich frage mich natürlich auch, ob das gut oder nicht gut ist. Ich frage mich, ob es gerecht ist oder ob ich dich selbstsüchtig missbrauche. Ich frage mich, ob es in Ordnung ist, dich meinen Kindern und anderen zu zeigen. Dies einerseits, da ich nicht wissen kann, wie es sich auf diese auswirkt, andererseits dann wieder auch mit dem schlechten Gewissen, dir etwas abzuverlangen, was eigentlich nicht legitim ist.«

Silvia machte eine kleine Pause, in der wir uns lächelnd zuprosteten und einen Schluck von dem vorzüglichen Weißwein nahmen, den wir zum Essen bestellt hatten. Silvia nahm einen deutlich größeren

Schluck, wohl um zunächst ihren Mund zu befeuchten, zugleich aber auch, um der Erhitzung entgegenzuwirken, in die sie durch den konfessionellen Monolog geraten war.

»All diese Fragen stelle ich mir andauernd, seitdem ich dir begegnet bin. Natürlich habe ich keine Antwort darauf gefunden und ich glaube auch nicht, dass Gott oder irgendein Engel dich mir geschickt hat. Ich habe jedoch akzeptiert, dass es so ist, und ich nehme es gerne an. Ich weiß, dass du mir stets sagst, dass es in Ordnung ist und, dass ich mir keine Gedanken über deinen Gemütszustand machen soll. Ich hoffe nur, dass du mir auch ehrlich sagst, wenn ich zu weit gehe, oder du mich nicht mehr erträgst.«

Die letzte Bemerkung erfolgte mit einem deutlichen Schmunzeln, gepaart mit einem übertriebenen, aber lieb gemeinten Augenklimpern.

Ich antwortete ihr nicht wirklich, sondern lächelte sie nur wissend an. Dabei strich ich ihr vertraulich über die rechte Wange, eine einzelne Träne wegwischend, die dort herunterkullerte.

< 22 >

Dieses Mal ist alles anders. Es ist nicht derselbe Strand und wir sind wieder Kinder, so wie beim ersten Mal, wo wir uns im Traum begegneten. Zur Uferseite kann ich die Silhouette einer Anreihung von Gebäuden ausmachen. An dem Strand, wo wir uns bisher getroffen hatten, wurde das Ufer lediglich von Palmen gesäumt. Auch das Meer war dort, aufgrund der vorgelagerten Korallenbänke, viel ruhiger, als es jetzt hier ist.

Philippe lächelt mich wie immer an. Er steht so nah am Wasser, dass die Brandung beim Aufschlagen der Wellen seine Füße umspült. Als ich ihn erreiche, nimmt er mich bei der Hand und sagt: »Komm mit mir, ich zeige dir mein Barcelona.« Da erkenne ich, wo wir uns befinden. Es ist der Strand der Barceloneta, und ich bewege mich mit Philippe genau dorthin. Bald schon erreichen wir die eigenwillig engen Gassen dieses Viertels. Philippe erzählt mir davon, wie er früher so oft mit Silvia hierhin gekommen war. In der Zeit vor den Olympischen Spielen, so sagt er, sei das noch ein regelrechtes Abenteuer gewesen. Heute würde hier alles modernisiert oder restauriert und die Mieten seien beinahe so hoch wie in den schicken Ortsteilen der Stadt.

In meinem Traum sind wir barfuß und wie sonst auch, lediglich mit Bermudahosen bekleidet. Auch sind nur wir hier, was mir seltsamerweise aber nicht unheimlich vorkommt. Im Gegenteil, ich genieße die Stille, die es hier eigentlich nie gibt.

Nachdem wir die Barceloneta durchqueren, erreichen wir den Port Vell. Während er auf die vielen Jachten hinweist, die hier liegen, meint er, dass früher niemand freiwillig hierhin gekommen sei. Wir gehen an der Uferpromenade entlang und er zeigt mir die zahlreichen neuen Gebäude und die hölzerne Fußgängerbrücke, über die ein großes Einkaufszentrum direkt mit der Stadt verbunden ist. Schließlich deutet er auf einen sehr aufwendig zu einem Museum umfunktionierten Industriebau hin.

»Früher gab es hier nur Lagerhallen, Fabrikgebäude und riesige Schrottplätze. Alles war furchtbar heruntergekommen. Wie du siehst, gibt es jetzt nur noch diese eine ehemalige Halle und selbst die haben sie richtig hübsch hergerichtet. Auch wenn heute, objektiv betrachtet, alles viel schöner und besser ist, vermisse ich manchmal das Barcelona meiner Kindheit und Jugend.«

Er lacht, als er ergänzt, dass er mit seinem Beruf als Architekt selbst einiges zu den Veränderungen in der Stadt beigetragen habe.

Er erzählt mir noch mehr von seiner Arbeit, als mir auffällt, dass er mir bisher lediglich sechs der sieben Arten von Dreiecken erklärt hat. Es erscheint mir plötzlich wichtig, weshalb ich mich direkt an ihn wende: »Philippe, du hast mir bis jetzt nur von sechs Arten von Dreiecken berichtet. Du sagtest aber doch, dass es sieben seien.«

Er scheint beinahe überrascht, dass ich es bemerkt habe, oder vielleicht auch, dass es mir überhaupt wichtig ist. Schon bald aber lächelt er mich wie immer an.

»Nun, es freut mich, dass es dir aufgefallen ist. Die siebente Art von Dreiecken ist einfach erklärt. Alle Dreiecke, bis auf das rechtwinklige, sind auch schiefwinklige Dreiecke.«

Von der hölzernen, leicht wellenförmigen Fußgängerbrücke aus begeben wir uns zum Kolumbusdenkmal. Wir nehmen den Aufzug und besteigen so die

103

Aussichtsplattform. Er lässt mich dort in eine bestimmte Richtung blicken und meint, dass dort sein Zuhause liege, das ich inzwischen bereits kennengelernt hatte. Er seufzt und ich erkenne Wehmut in seinem Blick und seiner Stimme.

»Was würde ich dafür geben, noch einmal mit Silvia hier stehen zu können. David, versprich mir bitte, dass du eines Tages mit ihr hierhin kommen wirst und sie in Richtung unseres Hauses blicken lässt.«

Wir verlassen die Plattform und Philippe scheint wieder ganz wie sonst. Dann gehen wir die Ramblas hinauf und er erklärt mir jeweils, wo wir uns gerade befinden. An der Rambla de Sant Josep meint er, dass man hier stets die Blumenhändler antreffe, weshalb sie auch Rambla de les Flors genannt werde. Er habe hier so oft Blumen für Silvia gekauft, dass die Händler ihn schon regelrecht kannten.

Als wir am obersten Abschnitt der Ramblas angelangen, dort wo sie auf die Placa de Catalunya treffen, geht er mit mir zum Font de Canaletes.

Wir trinken von dem Brunnen und Philippe meint scherzend: »Siehst du, du hast damals vom Font de Caneletes getrunken und bist tatsächlich nach Barcelona zurückgekehrt.«

< 23 >

Da ich noch etwas Zeit hatte, ehe ich Silvia und Aemilia treffen würde, gönnte ich mir noch den Ausblick
vom Dach der Kathedrale. Bei meinem ersten Mal in
Barcelona hatte ich den Aufzug gar nicht wahrgenommen, da er etwas versteckt in einer Kapelle auf der linken Seite des Kirchengebäudes lag.

Dort wo heute die Kathedrale von Barcelona stand,
hatte auch bereits zu römischer Zeit ein Tempel gestanden. Vom Kathedralendach aus konnte ich das gesamte
Barri Gòtic überschauen, dessen Straßenstruktur noch
immer weitgehend dem römischen Bebauungsplan ent-
sprach. Hier und da fielen mir auch Überreste aus jener
Zeit auf wie beispielsweise die beiden Türme auf der
Placa Nova, Türme eines ehemaligen Stadttores.

Wäre es Sonntag gewesen, hätte ich sicherlich auch
Katalanen ausmachen können, die der Sardana beige-
wohnt hätten. Im Bestreben um immer mehr Unabhän-
gigkeit erfreute sich dieser traditionelle Volkstanz
inzwischen äußerst großer Beliebtheit.

Bei meinem vorherigen Aufenthalt hatte ich tatsächlich verschiedene Gruppen angetroffen, die sich
vor der Kathedrale zum Tanz getroffen hatten. Obwohl
die Bewegungen hierbei recht langsam und mit ernster
Haltung ausgeführt wurden, erschien er mir aber doch
irgendwie auch etwas belustigend. Besonders die kleinen Sprünge, welche die Schrittfolgen unterbrachen,
wirkten so auf mich. Bei der Sardana fassten sich die
Tänzer bei den Händen und bildeten einen Kreis wie
bei einem Reigentanz. In wechselndem Tempo bewegten sie sich dann links und rechts herum, wohl in
bestimmten Schrittfolgen, die aber eben von diesen
kleinen, beinahe zierlichen Sprüngen begleitet wurden.

Bevor ich die Kathedrale wieder verließ, um auf der Placa Real mit den beiden Frauen zusammenzustoßen, warf ich auch noch einen Blick ins Innere. Dort zündete ich zunächst einige Kerzen an. Insbesondere aber zog es mich zu dem Kreuzgang mit dem Brunnen des heiligen Georg. Hier lebte nämlich eine kleine Schar von Gänsen, die der Tradition nach noch immer den Kirchenschatz bewachte.

Auf meinem Weg zum Treffpunkt schließlich, durchstreifte ich noch das Gotische Viertel und genoss es schlichtweg, einfach hier sein zu können. Erneut beneidete ich Jonas ein wenig und malte mir aus, wie es wäre, hier zu leben.

Wir waren gegen elf Uhr verabredet. Da es Samstag war, tat ich bereits im Vorfeld kund, dass ich nicht gewillt sei, lediglich Gepäckträger für die Einkäufe der beiden zu spielen. Cassius würde eventuell später dazukommen, da er zunächst zu seinem Training musste und dann noch anderweitig verabredet war.

Zu meiner Überraschung waren Mutter und Tochter bereits vor Ort, obwohl das gewiss eher meinem Part entsprochen hätte. Sie saßen in dem Café, in dem ich mit Silvia erschöpft eine Pause eingelegt hatte nach unserer Shopping-Tour am Montag. Da erneut die Sonne schien und es angenehm warm war, hatten sie außen Platz genommen, weshalb ich die beiden auch direkt entdecken konnte.

Wir begrüßten uns herzlich und sogar Aemilia umarmte mich dabei ohne wahrnehmbare Vorbehalte.

Alsbald stimmten wir eine lockere Unterhaltung an, wobei wir Kaffee tranken und eine Kleinigkeit dazu aßen. Hierbei erfuhr ich, nachdem ich von meinem kleinen Streifzug durch das Gotische Viertel und dem Besuch der Kathedrale berichtet hatte, dass Barcelonas

Gründung auf einer römischen Kolonie beruhte. Barcelona hieß damals Barcino. Außerdem sagte Aemilia, dass es immer dreizehn Gänse sein müssen im Kreuzgang der Kathedrale. Jede symbolisierte ein Jahr des kurzen Lebens der heiligen Eulalia, der Schutzpatronin Barcelonas.

Als wir noch über die Sardana sprachen, fragte ich die beiden, ob sie selbst schon einmal teilgenommen hätten. Sie verneinten dieses mit dem Hinweis, dass das eigentlich nur etwas für richtige Katalanen sei. Da der Tanz zu Zeiten der Diktatur in Spanien verboten gewesen sei, besitze er inzwischen eine große Symbolik. Silvia meinte noch, dass das Thema heute aktueller sei denn je, da es tatsächlich eine starke Bewegung gebe, die eine Abgrenzung Kataloniens bis hin zur Abspaltung anstrebte.

»Sollte es wahrlich so weit kommen, was wird dann aus mir und meiner Familie? Was wird aus all denjenigen, die aus den unterschiedlichsten Gegenden Spaniens gekommen sind und hier inzwischen ihr Zuhause gefunden haben?«

Ich sah Silvia und auch Aemilia an, dass sie sich wirklich hierüber sorgten. Selbst hatte ich so weit bisher kaum gedacht. Vermutlich, da es mich nicht unmittelbar betrifft.

Scherzhaft meinte Aemilia noch: »Na ja, wir können schließlich immer noch nach Frankreich auswandern.«

Schließlich aber wandten wir uns von den ernsten Themen ab und es geschah, wie es geschehen musste. Ich mutierte wieder zum Gepäckträger beim Einkaufsbummel durch zahlreiche Boutiquen und Schuhläden.

Da es die beiden offensichtlich glücklich machte, nahm ich es leicht und fand mich mit meinem Schicksal ab. Bei einer Pause mit einem weiteren Kaffee erinnerte ich mich daran, Silvia noch darum zu bitten, mir einige Fotos zusammenzustellen, die ich dann mit nach Hause nehmen könnte.

Cassius schaffte es leider nicht mehr, uns zu treffen. Schließlich brachte ich die beiden zu ihrem Wagen und verabredete mich mit Silvia noch für den frühen Abend.

< 24 >

Mich an meinen Traum von der vergangenen Nacht
erinnernd, wollte ich noch unbedingt mit Silvia auf die
Plattform des Kolumbusdenkmals. Mir schien es, als
könnte ich tatsächlich einen letzten Wunsch von Philippe erfüllen, indem ich Silvia hierhin brachte und in
Richtung ihres Hauses Ausschau halten ließ.

Entsprechend hatte ich den gemeinsamen Abend
mit Silvia so geplant, dass wir zunächst dem Turm
einen Besuch abstatten würden.

Ich erzählte ihr zwar nicht von dem Traum, ging
mit ihr aber zu derselben Stelle, an der ich zuvor vermeintlich mit Philippe gestanden hatte. Wir standen
ganz dicht beieinander, berührten uns beinahe.

»Schau, Silvia, dort hinten wohnst du, dort liegt
euer Zuhause. Kannst du es erkennen?«

Mit ausgestrecktem rechtem Arm über die Häuser-
flut bis zu der ansteigenden Gegend deutend, wo das
Haus der Roannes lag, überwand ich die letzten uns
noch trennenden Zentimeter und ergriff ihre Schulter
mit meinem freien Arm. Ich drückte sie fest an mich.
Silvia schmiegte sich ohne jedes Zögern sofort an und
ihr gefiel ganz offensichtlich die Nähe.

Sie meinte: »Hier habe ich auch schon mehr als einmal mit Philippe gestanden und es war beinahe so wie
jetzt.«

< 25 >

Der schönste Weg zu dem etwa fünfhundert Meter hohen Hausberg von Barcelona begann ganz sicherlich mit einer Fahrt in der »Tramvia Blau«.

Die Tour mit dieser historischen Straßenbahn startete im Nordosten der Stadt, an der Placa de John F. Kennedy. Ihren Namen hatte das alte Gefährt tatsächlich von ihrer Farbe, denn Blau bedeutete auch im Katalanischen Blau. Nach knapp zehn Minuten hatte man den ersten Teil der Auffahrt zum Tibidabo bewältigt. Dann ging es mit einer Standseilbahn weiter hinauf auf den Berg.

Wir ließen es uns nicht nehmen, dem Tibidabo auf eben diesem Wege einen Besuch abzustatten, wenngleich am Sonntag dies mit einigen Wartezeiten verbunden war. Zu meiner freudigen Überraschung begleitete uns sogar Gloria und ich denke rückblickend, dass sie von uns allen den Ausflug am meisten genossen hat.

Auf dem Berg angekommen, begaben wir uns zunächst zur Kirche Sagrat Cor, die von einer gewaltigen Christusstatue aus Bronze gekrönt wurde, die mit weit ausgebreiteten Armen über die Stadt bis hin zum Meer blickte.

Im Inneren der Kirche zündeten wir zunächst Kerzen an. Die Roannes schienen mein stark ausgeprägtes Faible hierfür zu teilen. Dann bestiegen wir noch einen der beiden Türme, um die bestmögliche Aussicht zu erhalten.

Mit dem Tibidabo wurde aber meist vor allem dessen Freizeitpark verbunden. Von Aemilia erfuhr ich, dass dieser bereits Ende des 19. Jahrhunderts errichtet worden war und viele seiner Attraktionen noch aus jener Zeit stammten. Dies verlieh dem Park ganz sicherlich einen außergewöhnlichen Charme. Die schönste Attraktion der Anlage war aus meiner Sicht aber dessen einmalige Lage mit dem besonderen Ausblick.

Leider war auch der Besuch des Parks von längeren Wartezeiten begleitet. Ansonsten jedoch hatten wir alle jede Menge Spaß.

Zu meiner Überraschung hatte die Familie und insbesondere vermutlich Gloria ein Picknick vorbereitet, wie man es sich nur wünschen konnte. Im Bereich des »Tibidabo Sky Walk« waren zahlreiche Stellen angelegt, an denen man sein Mitgebrachtes genießen konnte. Bereits zuvor hatte ich mich gewundert, warum meine Begleiter allesamt einen kleineren Rucksack mit sich trugen. Jetzt brachten sie hieraus allerlei Leckereien zum Vorschein. Wurst, Schinken, Käse, Oliven und Brot sowie eine von Gloria zubereitete Tortilla wurden schon bald ausgebreitet und mundeten hervorragend. Cassius zauberte sogar noch eine Flasche Wein hervor, wobei mir das Etikett verriet, dass dieser aus dem Priorat stammte. Tja, hier wurde nicht unbedingt gespart.

Wir machten uns recht zeitig nach unserem Picknick auf den Heimweg zurück in die Stadt. Erfahrungsgemäß entstanden, wenn der Freizeitpark schloss, unangenehme Schlangen an der Seilbahn und demnach weitere Wartezeiten, die wir vermeiden wollten. Außerdem beabsichtigten sowohl die Roannes wie auch ich noch einmal einen Abstecher zum jeweiligen Zuhause, bevor wir uns zum Abendessen im Restaurant von Raphael treffen würden.

Ich nutzte die gegebene Gelegenheit, mich von Gloria zu verabschieden und ihr herzlich für die viele

Mühe zu danken, die sie meinetwegen auf sich genommen hatte. Wir umarmten uns hierbei, wobei sie mich kaum mehr loslassen wollte. Schließlich musste ich ihr fest versprechen, einmal wiederzukommen – sonst hätte sie mich vermutlich gar nicht mehr losgelassen.

Silvia und die Kinder schienen hierüber gleichermaßen amüsiert wie auch gerührt. Sicherlich weckte auch diese Zusammenkunft zahlreiche Erinnerungen bei ihnen.

< 26 >

Raphael war sichtlich begeistert, als er uns alle sah. Es musste ihm vorkommen wie früher, wenn Silvia mit Philippe und den Kindern sein Lokal besucht hatte.

Da dies auch der letzte Abend mit Jonas und Mireia war, hatte ich Silvia zuvor gefragt, ob es ihr recht sei, wenn ich die beiden mitbrachte. Sie hatte nichts dagegen und meinte sogar, dass sie sehr gerne Freunde von mir kennenlernen würde. Nachdem alle einander vorgestellt waren, entstand eine entspannte Atmosphäre. Da Jonas inzwischen vermutlich besser Spanisch sprach als ich, war die Verständigung völlig unproblematisch. Der ganze Abend wurde von lockerem Small Talk und angeregten Gesprächen begleitet.

Silvia hatte eine Paella »Nach Art des Chefs« bestellt. Zuvor gab es natürlich »Pa amb tomàquet«, außerdem eine Variation von eingelegtem Gemüse. Zu meiner Überraschung wählte Silvia einen Weißwein aus, der aber hervorragend zu allem passte.

Von Zeit zu Zeit glitten meine Gedanken ein wenig in die unmittelbare Zukunft. Schließlich würde ich am folgenden Tag wieder nach Hause fliegen. Das hieß Abschied von Barcelona, Jonas und seiner Freundin sowie natürlich auch von Silvia und ihrer Familie nehmen zu müssen. Ich merkte bereits, dass mir das schwerfallen würde nach den intensiven Erlebnissen in den beiden letzten Wochen.

Manchmal bemerkte ich, wie Silvia mich musterte, wenn ich meinen Gedanken nachhing. Sie lächelte mich dann wissend an. Einmal meinte sie sogar: »David, heute sind wir noch hier. Wir müssen erst morgen voneinander Abschied nehmen.«

Ich lächelte zurück und erwiderte: »Du hast

inzwischen wirklich bereits gelernt, meine Gedanken zu lesen.« Dann gab ich ihr recht und bemühte mich, unsere kleine Abschiedsfeier nicht mehr und wenn auch nur gedanklich, zu verlassen.

Silvia hatte auch einen Datenträger mit Fotos und Videos vorbereitet, den sie mir als Geschenk zusammen mit einer Flasche hervorragenden Brandys überreichte.

Obwohl wir alle am nächsten Morgen recht früh raus mussten, wurde es noch sehr spät. Schuld daran war sicherlich auch Raphael, der es sich kaum nehmen ließ, sich immer wieder zu uns zu gesellen, und schließlich, als es im Lokal ruhiger wurde, gar nicht mehr unseren Tisch verließ.

Als wir uns dann doch endlich auf den Weg in das jeweilige Zuhause machten, überfiel mich wieder eine gewisse Wehmut und erneut ertappte ich mich dabei, wie ich Jonas ein wenig darum beneidete, hier in Barcelona leben zu können.

Ich bedankte mich noch einmal bei Raphael für seine herzliche Bewirtung und versicherte ihm, dass ich, wenn er sein Lokal bei mir in Deutschland hätte, ganz gewiss einer der besten Stammgäste wäre. Ich entschuldigte mich auch noch einmal für den unüberlegten Überfall vom letzten Mal und gab ihm das Versprechen, erneut sein Restaurant zu besuchen, wenn ich wieder mal in Barcelona wäre.

Von Aemilia und Cassius musste ich mich ebenfalls bereits verabschieden, da ich die beiden am nächsten Morgen nicht mehr zu Gesicht bekommen würde. Ich spürte, dass es auch ihnen regelrecht schwerfiel, und freute mich darüber, dass wir unsere Beziehung zueinander nach der ersten, so unglücklich verlaufenen Begegnung letztlich derart gut gemeistert hatten.

Von Jonas, Mireia und Silvia würde ich erst am kommenden Tag Abschied nehmen, was mir gefiel, da ich so nicht ganz plötzlich alleine war.

< 27 >

Von Jonas und Mireia hatte ich mich bei einem kurzen Frühstück mit viel Kaffee verabschiedet, wobei Jonas und ich uns gegenseitig das Versprechen gaben, in regem Kontakt zu bleiben. Wir mussten ohnehin noch ein paar Dinge hinsichtlich unserer gemeinsamen Arbeit besprechen.

Um mich für die Unterstützung bei meinem Projekt sowie seine und Mireias Gastfreundschaft zu bedanken, hatte ich es mir nicht nehmen lassen, ein Geschenk zu besorgen. Ich denke aber, dass sie schon angenehm überrascht waren, als ich mit einem dieser richtig schicken Kaffeevollautomaten aus meinem Zimmer kam. Mir schien es aber durchaus angemessen, denn schließlich hatte ich die beiden zwei Wochen lang belagert und dann auch noch Jonas' Hilfe in Anspruch genommen.

Silvia wiederum ließ es sich nicht nehmen, mich zum Flughafen zu bringen. Ich hatte zuvor versucht, sie davon zu überzeugen, dass es wirklich unnötig war, mich zu fahren, zumal mein Flug bereits am Vormittag ging und die Verkehrslage an einem Montagmorgen sicherlich nicht die günstigste wäre.

Entsprechend kamen wir auch etwas spät am Flughafen an, was aber kein wirkliches Problem darstellte. Letztlich war ich doch noch einigermaßen pünktlich gewesen.

Da ich mich allmählich durch den Sicherheitscheck und zum Gate begeben musste, fiel unsere Verabschiedung verhältnismäßig kurz aus. Wir umarmten uns herzlichst und versprachen einander aufs Neue, in Kontakt zu bleiben. Sie dankte mir auch noch einmal, da ich aus ihrer Sicht so viel für sie getan hätte, was ich aber von mir wies. Ich versicherte ihr, dass ich eine unvergessliche Erfahrung gemacht, ja, ein regelrechtes Abenteuer erlebt hatte. Zudem merkte ich an, dass sie mir mit ihrer Familie sehr ans Herz gewachsen war und es mir bestimmt sehr schwerfallen würde, auf persönliche Begegnungen nun zunächst einmal verzichten zu müssen.

Als ich die Sicherheitskontrolle passiert hatte, drehte ich mich um, damit ich ihr noch zuwinken konnte. Obwohl wir so weit voneinander entfernt standen, dass es uns nicht wirklich möglich war, einander in die Augen zu sehen, bemerkten wir doch sicherlich beide des anderen Tränen.

Der Heimflug verlief ebenso unproblematisch wie die Anreise zwei Wochen zuvor. Zurück in Deutschland machte ich mich per Taxi auf zu meiner Wohnung. Da es noch sehr früh war, hatte Marcus keine Gelegenheit, mich am Flughafen abzuholen.

Zu Hause angekommen kümmerte ich mich zunächst einmal um ganz banale Dinge wie Wäsche, Post und Einkauf. Ich fand auch noch Zeit, die Ergebnisse meiner Arbeit in Barcelona auf den heimischen Rechner zu übertragen.

Mit Marcus war ich erst zum Abend verabredet. Ich wollte kochen, unter anderem mit einigen Zutaten, die ich mitgebracht hatte.

So ergab sich ein Gericht aus diversen Tapas, wobei Marcus sich sicherlich am meisten über die Sobrasada freuen würde. Eigentlich war es eine mallorquinische Wurstspezialität, die in Barcelona aber überall erhältlich war. Dazu sollte es Wein aus dem Priorat geben.

Als ich dann alles vorbereitet hatte und Marcus endlich kam, konnte ich erkennen, dass er sich wirklich darüber freute, mich wiederzusehen. Zugleich aber schien er auch irgendwie besorgt. Schließlich fragte er mich, was es denn mit Silvia und deren Familie tatsächlich auf sich habe. Es scheine beinahe so, als hätte ich meinen gesamten Aufenthalt in Barcelona mit diesen Leuten verbracht. Er zweifelte nicht an, dass sich der Aufwand aus beruflicher Sicht gelohnt hatte. Zuvor hatte ich ihm bereits mitgeteilt, dass ich nur noch ein paar Feinarbeiten an meinem Projekt vornehmen müsse und dies ohnehin nicht ohne den Kunden tun könne. Er machte sich jedoch ernsthafte Sorgen darüber, dass ich durch den auf den ersten Blick unverhältnismäßig intensiven Kontakt zur Familie Roanne emotional in Mitleidenschaft geraten sein könnte. Vielleicht erkannte ich sogar eine Spur von Eifersucht.

Einerseits um die Spannung noch ein wenig zu erhöhen, andererseits aber auch, um das Geheimnis um Silvia beziehungsweise das von Philippe letztendlich zu lüften, nahm ich mein Notebook, schaltete es ein und begab mich damit zurück zum Tisch. Dabei setzte ich mich direkt neben Marcus.

Ich öffnete eine vorbereitete Bildergalerie und genoss für einen Moment die Verwirrung und den Unglauben, die sich in seinem Gesicht widerspiegelten, als er vermeintlich Fotos von mir und Silvia zu sehen bekam. Aufnahmen irgendwo am Strand, in unbekannten, schneeverhangenen Bergen und offensichtlich sogar in Paris.

Er schaute mich mit verwundertem Blick an und sagte: »Wie kann das denn sein, das sind doch Aufnahmen aus ganz unterschiedlichen Jahren. Du bist da teilweise auch noch viel jünger.«

Ungläubig mit dem Kopf schüttelnd schaute er mir verwirrt in die Augen und schien zu fragen, warum ich ihm gegenüber nie zuvor etwas erwähnt hatte.

Schon bezweifelnd, ob es wirklich eine gute Idee gewesen war, mit den Bildern zu beginnen, versuchte ich, die Situation mit einem Lachen zu überspielen. Ich bat ihn, doch noch einmal ganz genau hinzusehen und sich zu fragen, ob das denn überhaupt Fotografien von mir sein könnten.

Schließlich sagte ich: »Das ist Philippe«, und begann davon zu erzählen, was ich in Barcelona tatsächlich alles erlebt hatte.

Zeitfracht Medien GmbH
Ferdinand-Jühlke-Straße 7
99095 Erfurt, Deutschland
produktsicherheit@kolibri360.de